文春文庫

助太刀のあと

素浪人始末記（一）

小杉健治

文藝春秋

目次

第一章　暗殺　7
第二章　助太刀　84
第三章　仕官　166
第四章　炎の中に消えて　244

助太刀のあと

素浪人始末記（一）

第一章　暗殺

一

夕方にあれほど鳴いていたヒグラシも暗くなってから静かになった。残暑は厳しいが、朝晩は過ごしやすくなった。夜風は涼しいほどだ。

小井戸伊平太は自分の部屋で、三上時次郎と差し向かいになっていた。

「伊平太どの、やはり道場はあなたが継ぐべきです」

時次郎が強く勧める。

三上時次郎は二十九歳で、一刀流の小井戸伊十郎剣術道場の師範代を務めている。中背だが、胸板は厚く、がっしりした体をしている。

十五歳のときに内弟子になり、今日まで小井戸道場で生きてきた。道場主の嫡男である伊平太は二十一歳、時次郎を兄のように慕ってきた。

「私にはその才はありません。父もそのことがわかっているからこそ、私の我が儘を聞き入れてくれたのです」

伊平太は一刀流の達人である父の子として生を受けながら、どういうわけか剣術以上に学問を好んだ。

「伊平太どのが昔から書物を読んでいたことは知っていました。それこそ、文武両道を目指して」

「はい、私もそこを目指したいと思います。なれど、道場主となれば、私には荷が重すぎます」

「では、この道場はどうなるのですか」

時次郎はむきになってきく。

「父はまだ四十半ばです。十年、二十年と現役でいられます。それに、父は時次郎どのに道場を継がせるおつもりかと思います」

「とんでもない」

時次郎は大仰に首を横に振る。

「いずれにせよ、時次郎どのにはこれからも父に力をお貸しいただきたい」

伊平太は頭を下げた。

「私は先生を実の父親のように思っています。いつまでも、お仕えさせていただきます」

時次郎は言ったあとで、

「では、失礼いたします」

と、挨拶をして立ち上がった。

部屋を出る前に、

「先生はまだお帰りではないようですね」

と、時次郎はきいた。

「ええ、遅くなると言って出かけました」

父伊十郎は愛宕下にある浜松藩水島家八万石の上屋敷に、昼過ぎに出張稽古に出かけた。藩主の忠光公が江戸に出府のとき、剣術の指南に出向いている。稽古のあとに酒肴の饗応を受けるので、帰りは夜になると出掛けに言っていた。

「そうですか」

時次郎は部屋を出て行った。

ひとりになり、伊平太は書見台に向かった。

これまで、伊平太は儒学を学んでいたが、これからは西洋のことを知らなければならぬと、蘭学に目を向けたのだ。

内海雨林という蘭学者の評判を聞き、何度も茅場町にある自宅を訪ね、弟子入りを請うた。なかなか、承諾がおりなかったが、伊平太の熱意が通じてようやく許しが出たのだ。

今ではふつかに一度、茅場町の私塾に通っている。

夕五つ（午後八時）を過ぎたころ、襖の外でひとの気配がした。

「伊平太、よろしいですか」

と、母の声がした。

「はい、どうぞ」

伊平太は書見台を脇にずらした。

襖を開けて、母が入ってきた。

どこか浮かない顔をしている。

「どうかなさいましたか」

伊平太は訝ってきいた。

「少し前、突然、床の間の掛け軸が落ちたのです」

母が細い眉をひそめた。

「掛け軸が？」

「紐が切れたのです」

「もろけていたのでしょうか」

伊平太が言うと、母はふいに話を変えた。

「先日、父上は本柳雷之進(もとやなぎらいのしん)どのと激しく口論をしていたようですね。何があったのか、聞いていますか」

「いいえ。あのあと、きいたのですが、何も仰いませんでした。不快そうな顔をしていましたが」

伊平太は答え、

「母上、何か」

と、気になってきいた。

「いえ、父上があのように激昂されることはなかったことなので」

母はため息混じりに言う。

「ええ。声を荒らげたことなどないのに珍しいですね」

伊平太はそのときのことを思いだした。

三日前のことだった。父は門弟の本柳雷之進を自分の部屋に呼んでなにやら話し込んでいた。

伊平太が厠(かわや)の帰りにその部屋の前を通ったとき、突然激しい父の怒号がした。思わず足を止め、様子を窺った。

本柳雷之進は浜松藩水島家の家臣であった。

「これ以上話しても無駄だ。帰れ」

父が怒鳴っている。

「残念です」

雷之進の声は落ち着いていた。

それきり声が途絶えた。

障子が開いて、雷之進が出てきた。色白で、眉尻がつり上がり、まるで紅を塗ったように唇が紅い。二十四歳で、優男ながら剣の腕は立った。

伊平太と顔が合うと、口元に冷笑を浮かべた。

雷之進は勝手に玄関のほうに向かった。

「父上、失礼します」

伊平太は障子を開けて部屋に入った。

父は憤然と腰を下ろしていた。

伊平太は父のそばに行き、

「何があったのですか」

と、きいた。

「くだらんことだ」

父は吐き捨てた。

本柳雷之進は江戸に来たときは飯倉四丁目にあるこの道場に通っている。高慢な男で、酒癖が悪く、他の門弟たちからも嫌われている。だが、剣の腕は立った。

「また、本柳雷之進どのが何かしでかしたのでは？」

雷之進はひと月ほど前、門弟のひとりを連れて神明宮(しんめいぐう)境内にある料理屋に行き、酔っぱらって女中に無体な真似(まね)をしたのだ。止めに入った店の男衆を投げ飛ばして、さんざん暴れた。引き上げるとき、連れの門弟が店の女将(おかみ)に小井戸伊十郎道場の者だと名乗ったことから、苦情が道場に届いたのだ。

そのときも父は雷之進を叱責したが、また懲りずに雷之進は何かをやらかしたのかもしれない。

そう思ったが、父は何も言わなかった。

それから三日経った今日、父は浜松藩水島家の上屋敷に行ったのだ。そこに、本柳雷之進がいるが、雷之進は一昨日、昨日、そして今日と三日間、道場に顔を出していなかった。

母はそのことを気にしているのかもしれなかった。

「何か気がかりなのですか」

伊平太も不安になった。

「いえ、そうではないのですが。でも、どうして掛け軸の紐が切れたのでしょうか」

母はそのことを気にしたのだ。

「たまたまです。紐がもろくなっていたんですよ」

なんでもないと言ったが、伊平太はあのときの父の怒号を思いだした。

本柳雷之進は浜松藩水島家の馬廻役(うままわりやく)であるが、十代のころは小姓として藩主忠光公の側に仕えていた。

藩主のお気に入りの家臣なのだ。

神明宮の境内にある料理屋での一件を忠光公は知らないだろう。しかし、忠光公が知ったら、どう出るか。

「母上、心配いりませんよ。もうじき帰ってきます」

伊平太は慰めの声をかけた。

「でも」

母の不安は消えそうになかった。

「それほど心配なら誰かに様子を見に行かせましょう」

伊平太は内弟子の勘太郎を上屋敷まで行かせた。

それから四半刻（三十分）後、玄関から悲鳴のような声が聞こえた。驚いて、伊平太は玄関に行った。

勘太郎が背中を丸めて息せき切って口をあえがせていた。

「どうしたのだ？」

伊平太が問いかける。

「先生が……」

「父上がどうしたのだ？」

伊平太は思わず強い声になった。

「増上寺裏の切通で、賊に襲われて……」

「して、父上は？」

「お果てに」

「なんと」

伊平太は絶叫した。

勘太郎の案内で、伊平太は三上時次郎とともに増上寺裏の切通に急いだ。

夜道に、激しい息づかいとあわただしい足音が響く。前方の夜空に増上寺の大伽藍が浮かび上がっている。

切通に出ると、かなたに提灯の明かりが幾つも揺れていた。

近くの辻番所の番人や神谷町の自身番から町役人も集まっていた。

伊平太は役人をかきわけて前に出た。父がうつ伏せに倒れていた。そばに、父の刀が落ちていた。

「父上」

伊平太は駆け寄った。背中を斬られていた。

父の体はまだ微かに温もりがあり、やわらかかった。

「伊平太どの」

声のほうに顔を向けると、本柳雷之進が厳しい顔で、

「私がついていながら」

と、低い声で言った。

「いったい何があったのですか」

伊平太はきいた。

「上屋敷を出るとき、先生はかなり酔っておられたので、見送りがてら同行した。ここまで来たとき、いきなり覆面の賊が襲ってきたのです」

「覆面の賊？」

「三人でした。私がふたりに立ち向かっている間、もうひとりが先生の背後にまわって斬りつけた。先生はかなりお酒を呑まれていたので……」

「いや、先生は酒を呑んでいようが、背後から斬られるわけはない」

時次郎が疑問を口にした。

「しかし、ご覧のとおりだ」

雷之進は冷やかに言う。

「父上とふたりきりだったのですか」

伊平太は雷之進に挑むようにきいた。

「そうです」

雷之進は落ち着いていた。

「賊はどんな連中だ？」

時次郎がきく。

「覆面をしていた。武士だ」

「取り逃がしたのか」

「先生の介抱が先なので」

伊平太は雷之進の説明に納得いかなかった。

今は父を早く屋敷に連れて帰りたかった。

だが、辻番所の番人が、

「もう奉行所から同心がやってくるはずですから」

と、なだめた。

ほどなく、巻羽織りに着流しの同心と岡っ引きがやってきた。

「南町奉行所の武井(たけい)繁太郎(しげたろう)です。あなた方は？」

伊平太たちを見回しながらきいた。

「私は小井戸伊平太。ここに倒れているのは父の伊十郎です。賊に襲われたとのこと」

伊平太は名乗った。

「失礼」

繁太郎は伊平太たちを引き離し、亡骸のそばに寄った。手を合わせてから検めた。

「背中に一太刀、脾腹に刺し傷」

繁太郎は立ち上がって、伊平太に顔を向けた。

「事情をお聞かせください」

「拙者から」

雷之進が前に出た。

「あなたは？」

「私は浜松藩水島家家中の本柳雷之進と申します」

「水島家？」

「さよう。じつは小井戸伊十郎どのは私の剣術の師でもあり……」

雷之進が事情を説明している間、伊平太は辻番所の番人に大八車の手配を頼んだ。

一通り、事情を聞き終えた同心の繁太郎は、

「どうぞお連れください」

と、伊平太に声をかけた。

父の亡骸を戸板に寝かせ、筵をかけ、大八車の荷台に移した。

伊平太は自分で大八車を引っ張った。時次郎と勘太郎が後ろから押した。

夜道に大八車の車輪の軋む音が切なく響いた。

二

爽やかな風が吹き込んでくる。北国の秋は早くやってきた。お城の天守の上に鰯雲が浮かんでいた。

下野那須山藩飯野家の家臣松沼平八郎は本丸御殿を出て、濠外にある屋敷に向かった。

三の丸には家老ら重臣の屋敷が、三の丸の濠外の南側に中級の武士の屋敷が、東側に下級武士の屋敷が並んでいる。

馬廻役を務める松沼平八郎の屋敷は三の丸の濠外の南側にあった。平八郎は二十八歳、細身で、着物を着ているとわからないが、胸板は厚く、肩の肉は盛り上がっている。

　名人といわれた師から直心影流の免許皆伝を得、たまたま那須山藩を訪れた江戸で有名な剣豪と立ち合ったことがあるが、その剣豪が手も足も出なかった。松沼平八郎は天下一だと感嘆したという話が伝わっている。その実力は藩外にも伝わっている。

　平八郎は門を入り、玄関に立った。

「お帰りなさいませ」

　女中が迎えたが、声が上擦っている。様子がおかしい。

「何かあったのか」

　平八郎は訝ってきいた。

「ご新造さまが」

「多岐がどうした？」

　返事を聞かぬうちに、平八郎は廊下に上がり、奥の部屋に行った。

　妻の多岐が部屋の真ん中で茫然としていた。開いた文を手にしていた。

「多岐」

　平八郎は声をかけた。

「あっ」

はっと我に返ったように顔を向け、

「父上が」

と、声を詰まらせた。

「義父上(ちちうえ)がどうした？」

多岐は江戸飯倉四丁目にある小井戸伊十郎道場の道場主の娘だった。

「お亡くなりに」

「亡くなった？」

平八郎はぴんとこなかった。

「誰が亡くなったのだ？」

「父上です」

「ばかな」

衝撃が脳天を突き抜けた。

義父の小井戸伊十郎は体格もよく、頑健なお方だ。

「何があったのだ？」

平八郎は多岐の顔を見た。

「弟の伊平太から」

多岐は文を寄越した。

平八郎はひったくるようにして文を見た。

——去る六月二十六日夜、父小井戸伊十郎儀、愛宕山下にて賊に襲われ、落命……。

「賊に襲われ、落命」

平八郎は呟いた。

三日前だ。まだ、文には詳しいことは書かれていない。

「あの義父上が……」

平八郎は憤然と言う。義父ほどの剛の者が簡単にやられるはずはない。闇討ちに遭ったとしてもむざむざとやられる義父ではない。

「こんなことになるなんて」

うっと、多岐が嗚咽を漏らした。

五年前、藩主の江戸出府で築地にある上屋敷で一年間を過ごした。非番の折り、芝増上寺に参詣した。

そして、本堂の前で美しい娘を見かけた。平八郎は一目で心を奪われた。それが多岐だった。多岐も参詣にきていた。そのときは、そのまますれ違っただけだったが、数日後にもう一度、増上寺に行った。再び会えるとは思わなかったが、奇跡が起きた。

多岐と再会したのだ。平八郎は勝手に運命を感じ、思い切って声をかけた。

あとで知ったことだが、多岐もまた平八郎と会えるかもしれないと期待して、増上寺に赴いたということだった。

多岐は飯倉四丁目で剣術道場を開いている小井戸伊十郎の娘だった。上役にも相談をし、嫁にもらう使者に立ってもらった。

多岐は当時、十八歳、平八郎は二十三歳だった。

小井戸伊十郎は西国の大名に仕えていたが、二十数年前に藩のごたごたに巻き込まれて脱藩。江戸に出て、小井戸道場に入門。めきめき頭角を現し、先代に見初められて婿に入って道場を継いだのである。

多岐を嫁にもらいたいと申し入れをしたとき、将来、この道場を継いでくれないかと言われた。

多岐に伊平太という弟がいる。伊平太に継がすべきではと言うと、伊十郎はこう言った。伊平太は残念ながら剣客ではないと。

自分は今の御家で忠義を尽くしたいという希望を告げると、伊十郎は少し悩んでいたが、平八郎の希望を聞きいれてくれたのだ。

いずれ、門弟の中から有望な者を後継にしたいと言っていた。

義父のことを思い出し、胸の底から突き上げてくるものがあったが、

「明日、江戸に発とう」

と、平八郎は涙を堪えて言った。

平八郎は近くにある上役の屋敷に伺い、事情を話し、九日間の許しを得た。そして、翌朝、平八郎は多岐と郎党を伴い、江戸に向かった。

平八郎と多岐が飯倉四丁目にある小井戸道場に到着したのは七月三日の夕方だった。家々の物干し台に七夕の笹が飾られていて、短冊が風に揺れていた。

だが、小井戸伊十郎の屋敷は七夕とは無縁だった。

すでに義父伊十郎は荼毘に付されていた。仏壇の遺骨の前で、平八郎は手を合わせた。遺骨は多岐の到着を待って納骨をするということだった。

仏壇の前を離れ、平八郎は伊平太と向かい合った。

「何があったのだ？」

改めて、平八郎はきいた。

「六月二十六日、父は愛宕下にある浜松藩水島家の上屋敷に出張稽古に出かけました。稽古のあとに酒肴の饗応を受け、夜の五つに父は上屋敷を出たそうです。父はかなり酔っていたので、門弟である本柳雷之進が付き添ったとのこと」

伊平太は涙を堪えながら語りだした。

「増上寺裏の切通に差しかかったとき、突然、三人組の賊が襲いかかったのです。本柳雷之進がふたりの賊の相手をしている間、もうひとりが父を背後から襲ったそうです。父は背中を斬られていました」

「背中を？」

平八郎は首を横に振った。

「義父上が背中を斬られるなんて考えられぬ」

「はい」

「賊は何者なのだ？」

「わかりません。奉行所の者が調べていますが……」

伊平太は険しい顔で、

「ほんとうに賊がいたのか」

と、疑問を口にした。

「どういうことだ？」

「賊に襲われたというのは本柳雷之進どのの話だけです」

伊平太は声を震わせ、

「父を迎えに行かせた内弟子の勘太郎が妙なことを」

と、厳しい顔になった。

「勘太郎が現場に差しかかったとき、怪しい人影は見ていません。ただ、暗がりの中に本柳雷之進どのが立っていて、その足元に父が倒れていたそうです。そのとき、本柳雷之進どのは懐紙を手にしていたと」

「懐紙？」

「ええ、刀を拭ったあとのように思えたと。でも、雷之進どのは賊に傷を負わせたわけではないので……」

「確かに妙だな」

「それと、これは勘太郎も自信はないと言っているのですが、最初に駆けつけたとき、父の刀は落ちていなかったように思えると」

「…………」

「我らが駆けつけたとき、父のそばに抜いた刀が落ちていました」

「賊に襲われたと言ったのは、本柳雷之進どのだけなのだな」

「そうです」

伊平太は強張った顔で言う。

「本柳雷之進どのが刀を抜いたのか」

「はい。刀も抜けずに斬られた父に同情して刀を抜いて闘った末に斬られたように細工をしたと言うかもしれませんが、刀を抜いた父が背中を斬られることは考えられません。賊が現われたと思わすために刀を抜いたのではないでしょうか」

「奉行所の調べは？」

平八郎は落ち着いてきく。

「聞き込みをかけても、賊を見た者は見つからなかったそうです」

伊平太は眉根を寄せた。

「そちは賊などいなかったと思っているのだな」

「はなはだ疑問です。第一、父を殺そうとする者がいるとは思えません。父はひとから恨まれるお方ではありません」

「あるいはひと違いをしたとも考えられる」

「でも、賊を見た者は見つからなかったのです」

「そなたは義父上を襲ったのは……」

平八郎は伊平太の顔を覗き込む。

「はい。本柳雷之進ではないかと」

伊平太は呼び捨てにした。

「なぜ、雷之進が義父上を？」

平八郎は雷之進なる男を知らない。

「最近、父から激しく叱責をされていました。そのことを根に持っていたのかもしれません」

伊平太は続ける。

「本柳雷之進はある料理屋で女中に無体な真似をしたという苦情が父のもとに届き、そのことで雷之進に注意をした。ところが、雷之進は聞く耳を持たなかったようです」

「そちは雷之進が殺したと？」

「ただ、疑いだけですが。いくら酔っていたとはいえ、父はあんなに簡単に斬られるはずありません。父は油断をしていたのです。門弟の本柳雷之進ならば、まさか斬りつけてくるなんて思わなかったでしょうし」

「しかし、それだけのことで……」

平八郎は首を傾げた。

「勘太郎が駆けつけたとき、すでに父は倒れており、そばに雷之進が立っていました。父を介抱する様子ではなかったようです」

「すでに事切れたのを確かめたあとだったのかもしれぬ」

「そうですが」

平八郎はふと気になり、

「そなた、雷之進を問いただしたのか」

「はい。賊についてだけです。賊はどんな体つきだったか。何か口にしていなかったか」

「何と答えた?」

「覆面をしていた上に、暗くてよくわからなかったと」

伊平太は顔をしかめて言う。

「それから、賊は何人かときくと三人で、ふたりを自分が相手をしたと答えました。でも、父は酔っていたので、もうひとりの賊とまともに立ち合えなかったようだというのです。そんなはずはありません。父がそんなに泥酔するわけはなく、仮に酔っていたとしても背中を斬られるような不覚など……」

「奉行所には今の疑問を話したのか」

「話しました」

「伊平太。よいか、まだ無闇に本柳雷之進が怪しいと騒がぬことだ。奉行所の探索に任せるのだ」

「でも、父を殺したのは本柳雷之進に間違いありません」

感情的になっている伊平太の話だけでは片寄り過ぎている。

「よいか。冷静になって考えるのだ。でないと、大きな間違いを犯す」

「はい」

伊平太は唇を嚙んだ。

「義母（はは）のことも心配なので、多岐にはしばらくここにいてもらうが、私は明後日には国許（くにもと）に帰らねばならぬのだ」

「えっ、もうお帰りなので？」

「殿の御用があるのだ」

「いっしょに、父を殺した男のことを調べていただきたかったのですが」

伊平太は泣きそうな顔になった。

平八郎は胸が痛んだ。そばにいてやりたい。殿の鷹狩りのお供だとは傷心の伊平太には言えなかった。

しかし、このまま伊平太を残して行くことにも忸怩たるものがあった。

「奉行所の同心はどなただ？」

平八郎はきいた。

「武井繁太郎さまです」

「わかった」


翌日の朝、平八郎は数寄屋橋御門内の南町奉行所を訪れた。

白漆喰の海鼠壁に番所櫓のついた長屋門の前に立ち、門番に声をかけた。

「先日、殺された小井戸伊十郎の娘婿で、那須山藩飯野家家臣の松沼平八郎と申します。同心の武井繁太郎さまにお会いしたいのですが」

「小井戸道場の……。あそこに同心詰所がある。そこに行ってみよ。さっき出仕したばかりだからまだいるはずだ」

門番はそう言ったとき、

「あっ、待て。ちょうど、出てこられた」

と、声を上げた。

同心詰所から三十過ぎと思える巻羽織りに着流しの侍が門に向かってきた。

門番がその侍に声をかけた。

話を聞き終えて、侍は平八郎に近づいてきた。

「武井です」

「那須山藩飯野家家臣の松沼平八郎と申します。義父の小井戸伊十郎が殺された件でお話を」

「外に出ましょう」

繁太郎は門を出て、数寄屋橋御門のほうに向かった。

御門を潜って数寄屋橋を渡り、お濠沿いを少し移動した。風もなく、お濠の水は穏やかだ。

柳の木のそばで立ち止まり、

「あなたは小井戸伊十郎どのの娘婿ですか」

と、繁太郎は改めて確かめるようにきいた。

「そうです。小井戸伊平太は義理の弟になります」

平八郎は答え、

「いかがでしょうか、下手人の見通しは？」

と、きいた。

「状況はご存じですか」

「義弟から聞きました。ただ、なにぶん義弟は冷静さを失っており、誤ったことを口走っているやもしれませんので、こうしてお訊ねにあがった次第」

平八郎は説明し、

「奉行所の見立てはどうなのでしょうか。いっしょにいた本柳雷之進どのは賊に襲われたと話しているそうですが」

と、繁太郎の顔色を窺った。

「そのことですが、賊の話は疑わしい」

繁太郎も疑問を口にした。

「嘘かもしれぬと？」

平八郎は鋭い口調になった。

「嘘とは断定出来ませんが、付近の辻番所の番人は覆面の賊を見ていないのです。しかも、本柳雷之進どのの言う賊の動きが最初と違ってきているのです」

「動き？」

「ええ。賊は三人で、そのうちふたりを本柳どのが相手をし、もうひとりが小井戸伊十郎どのに向かったと。だが、その後の説明では、最初に現われたのはふたりで、もうひとりは隠れていて小井戸伊十郎どのの背後に近づいて襲ったと」

「義父上が背中を斬られていることの説明がつかないので変えたのでしょうか」

「そうだと思います」

「賊などいなかったのですね」

平八郎は確かめる。

「そう考えるほうが妥当でしょう」

繁太郎は渋い表情で言う。

「内弟子の勘太郎は怪しい人影は見なかったと。暗がりの中に本柳雷之進どのが立っていて、その足元に義父上が倒れていたそうです。そのとき、本柳雷之進どのは懐紙を手にしていたと。刀を拭ったあとのように思えたと言っていたようですが」

「ええ、そのことも本柳どのに確かめましたが、勘太郎の錯覚だと一蹴しました」

「それと、義父上の刀ですが、勘太郎は亡骸のそばには刀はなかったと」

「そのことも本柳どのは勘違いだと」

繁太郎は言ってから、

「しかし、本柳どのの言い分を素直に受け取れません」

と、顔をしかめた。

「やはり、義父上を斬ったのは本柳雷之進どの……」

平八郎は繁太郎の考えを探るようにきいた。

「そうだという確たる証はありません。ただ」

繁太郎は言葉を切った。

「ただ、なんですか」

平八郎は食い下がる。

「小井戸どのはそれほど酔ってはいなかったという話もあるのです」

「酔っていない？」

「ええ、遠州浜松藩の上屋敷の門番にきいたところ、小井戸どのは引き上げるときも足取りもしゃきっとしていて、酔っているようには思えなかったと」

繁太郎は続ける。

「それから、小井戸どのは本柳雷之進どのの見送りを断っていたそうです。しかし、雷之進どのは勝手についていったと、門番が話していました」

「しかし、それは門弟として師匠をひとりで帰すわけにはいかないと思って、好意でついていったという見方も出来ますね」

平八郎はあえて言う。

「確かに、そうですが、小井戸どのが酔っていたといい、賊が襲ってきたとすることなど、なんとなく疑わしいのです」

「武井どのも、本柳雷之進が殺(や)ったと？」

「そう考えてもおかしくはないということで、そうだと決めつけているわけではありません」

繁太郎は厳しい顔で言う。

「雷之進どのの仕業だとしたら、どんなわけがあったとお考えですか」

平八郎は鋭くきく。

「伊平太どのや他の門弟からも話を聞いたところ、神明宮境内にある料理屋で女中を凌辱(りょうじょく)しようとしたことがあったというので、調べてみました。事実でした。料理屋の亭主が小井戸どのに苦情を申し入れたそうです」

「ほんとうにそういうことがあったのですね」

「他でも、雷之進どのはいくつか問題を起こしています」

繁太郎は顔をしかめた。

「で、本柳雷之進どのは何と？」

「それが、上屋敷に退け込んで出てこないのです」

「出てこない？」

平八郎は眉根を寄せた。

「ええ。用人どのに事情を聞きたいからと申し入れているのですが、埒が明きません」

「匿っているのですね」

「そうです」

「自分が言ったことが嘘だと認めたようなものではありませんか」

平八郎は憤然と言う。

「ええ。自分でもいずれ嘘がばれると思っているのかもしれません」

「奉行所として強く出られないのですか」

「大名屋敷にいる限りはお願いするしかありません」

「まさか、遠州浜松に逃すのでは？」

「わかりません。これからも、粘り強く上屋敷にお伺いを立てます」

繁太郎は覚悟を見せた。

「よろしくお願いいたします」

平八郎は繁太郎と別れ、飯倉四丁目の小井戸道場に戻った。

その日の昼前、麻布にある小井戸家の菩提寺に親族が集まり、納骨をすました。

それから飯倉四丁目にある屋敷に戻り、先代の弟の太田甚兵衛を交え、道場の存続についての話し合いがもたれた。

太田甚兵衛は五十半ばで、若いときに御家人の太田家の婿養子になった。多岐からすると大叔父になる。

「驚いたであろう。まさか、伊十郎があんな非業の死を……」

甚兵衛は声を詰まらせた。

「はい。さぞ、無念だったろうと思います」

「道場を見たか」

いきなり言う。

「道場ですか。いえ」

「伊十郎があんなことになって、門弟がどんどん辞めていっている」

「そうですか……」

平八郎は胸が痛んだ。

「この窮状を脱するには平八郎どのの手を借りるしかない」

「………」

「この道場を継ぐのはそなたしかおらぬ」

「私がですか」

意外な申し出に、平八郎は困惑しながら、

「私はその器ではありません」

と断り、膝を進め、

「伊平太どのがいらっしゃるではありませんか」

「伊平太は残念だが無理だ」

甚兵衛は首を横に振る。

「そんなこと、ありません」

「それに、まだ若すぎる」

甚兵衛は言い、

「平八郎どのしかおらぬのだ。伊十郎も、それを望んでいたのではないか」

「申し訳ありません」

平八郎は頭を下げた。道場主という生き方は自分にはなかった。多岐を嫁にもらうとき、義父上にはそのことを言い、わかってもらえたのだ。

甚兵衛は溜め息をついた。

「やはり、無理ですか」

義母が口を入れた。

「義母上、お許しください。このことは義父上にもお話ししてありました」

「ええ。聞いていました」

義母は寂しそうに言う。

「みな、私がいけないのです。私に剣の才があったら」

伊平太がいきなり口にした。

「いや、ひとには任というものがある。自分を責めることはない」

甚兵衛が慰める。

「弟子の中に道場を継げる者はいないのですか」

平八郎はきいた。

「うむ。じつは伊十郎は三上……」

甚兵衛が言いかけたとき、

「大叔父さま」

と、多岐が甚兵衛を制した。

「なんですか」

平八郎は訝ってきいた。

「いや、なんでもない」

甚兵衛はばつが悪そうに首を横に振り、

「このことは改めて考えよう」

と、自分自身に言いきかせるように言った。

翌朝、平八郎は多岐を残し、郎党と共に国許に帰った。

三

平八郎が帰った日の昼前に、伊平太は三上時次郎とともに愛宕下にある浜松藩水島家の上屋敷に、本柳雷之進を訪ねた。

大きな門の両脇に長屋が続いている。

伊平太は門番に声をかけた。

「小井戸道場の小井戸伊十郎の伜伊平太と師範代の三上時次郎です。本柳雷之進どのにお会いしたいのですが」

「お待ちを」

門番が言い、別の門番に声をかけた。

だいぶ待たされてから、本柳雷之進がやってきた。

「これはお揃いで」

雷之進は冷たい目を向けた。

「少しお訊ねしたいことがあって参りました」

伊平太は雷之進を睨むように見た。

「外に」

雷之進は門から出てきて勝手に歩いて行く。ふたりは付いて行く。

愛宕神社に上る石段の前で立ち止まり、

「ここを上がるのも面倒だな」

と、雷之進は見上げた。

「ここでいい」

三上時次郎がいらだって言う。

雷之進はふたりの顔を交互に見て、

「して、何を？」

と、面倒くさそうにきいた。

「端的に言いましょう。覆面の賊はほんとうにいたのですか」

伊平太は切り出す。

「どうして、そんなことを？」

雷之進は顎を指先でかきながらきく。

その態度に、時次郎は顔色を変え、

「覆面の賊なんてはじめからいなかったのではないか」

と、詰め寄った。

「拙者が嘘をついていると？」

「そうだ。父が背中から斬られたのは油断していたからだ。襲われると思ってもない相手から不意打ちをくらったのだ」

伊平太は決めつけて言う。

「そうだとしても、先生らしくないですな。いくら油断をしていたとはいえ、背中を斬られるとは」

雷之進は冷笑を浮かべた。

「きさま、まさか、酒の中に何か……」

時次郎が憤然となった。

「これ以上、こんなばかばかしい話には付き合いきれぬ」

雷之進は勝手に踵を返した。

「待て」

時次郎が刀の柄に手をかけた。

雷之進は冷やかな目を向け、

「なんだ、それは？」

と言い、さらに挑発するように、

「剣客とは思えぬ不名誉な死に方をした父親を庇うために、ひとに責任をなすりつけるとは見上げたものだ」

「許せぬ」

伊平太も刀を抜こうとしたとき、愛宕神社の石段をおりてくるひとの気配に思い止まった。

「俺は逃げも隠れもせぬ、いつでも相手になってやる」

雷之進はそう言い、その場から引き上げて行った。

「奴だ。先生を闇討ちにしたのは雷之進だ」

時次郎は呻くように言った。

伊平太も胸を掻きむしる思いで去っていく雷之進の後ろ姿を見送った。


翌日、小井戸道場に同心の武井繁太郎がやってきた。

「どうぞ、お上がりください」

伊平太が勧める。

「いえ。すぐ済みますので、ここで」

繁太郎は玄関の土間に立ったまま言う。

伊平太は大叔父の甚兵衛と共に、玄関で繁太郎の話を聞いた。

「昨日、浜松藩水島家の用人どのから返事がありました。本柳雷之進から再度事情をきいたところ、本柳雷之進が斬ったことを認めたということです」

「認めたのですか」

甚兵衛が驚いてきき返した。

「ただ」

繁太郎は眉根を寄せ、

「途中で言い合いになり、小井戸伊十郎どののほうから刀を抜いて襲いかかったので止むなく応戦したとのこと」

「嘘だ」

伊平太は叫び、

「父から刀を抜くなどありえない。それに、父は背中を斬られているんです」

と、怒りを抑えて訴える。

「ええ、現場の様子から決闘があったとは考えられません」

繁太郎は言う。

「武井どの。本柳雷之進を屋敷から引きずり出して改めて取調べることは出来ないのですか」

甚兵衛は迫った。

「用人どのが言うには、相手の小井戸伊十郎は当家にも剣術の稽古に来ており、さらに本柳雷之進とは剣術の師弟関係にある。言わば、内輪の問題であるから当家において裁くということでした」

「屁理屈だ。伊十郎は水島家の家臣ではない」

甚兵衛は吐き捨て、

「屋敷の外で起きたこと。いくら大名家の家臣であっても奉行所で取調べが出来るのではないか。どうして、奉行所はもっと強く出られないのか」

と、強く迫った。

「…………」

繁太郎は黙っていた。

「奉行所はこのまま事件をなかったことにしたいわけですな」

甚兵衛は憤然と言い、

「さし詰め、奉行所は水島家から付け届けをたくさんもらっているのでしょうな。だから、何も言えない」

と、厭味を口にした。

「父を殺したのは本柳雷之進に間違いないのですね」

伊平太が確かめるようにきいた。

「状況は本柳雷之進が下手人であることを指しており、あまつさえ本人が認めている。雷之進の仕業であることは間違いありません」

繁太郎は言い切った。

「それがはっきりしただけで御の字です」

伊平太は思い詰めた目で言い、

「大叔父上、これは天が父の仇を討てと言っているのです」

と、甚兵衛を見た。

「そうだ。奉行所を当てになど出来ぬ。仇を討つのが我らの使命」

甚兵衛も目をつり上げた。

「水島家は」

繁太郎が伊平太と甚兵衛の顔を交互に見て、

「老中の親戚になる譜代大名であり、いずれ幕閣にも加わるだろうと言われていて、奉行所も滅多なことでは歯向かえないのです」

「これは滅多なことではないのか」

甚兵衛は口元を歪めた。

「今後も粛々と水島家に本柳雷之進の引き渡しを求めていきますが、要求は聞き入れられないでしょう」

「なぜ、水島家は本柳雷之進をそんなにかばうのか」

甚兵衛が訝ってきいた。

「雷之進は小姓のとき、藩主の寵愛を受けていたのです。そういう関係がなくなった今でも目をかけられているのです」

「そうか」

甚兵衛は顔を歪めた。

「ただの家臣であれば、こうも頑なにならなかったでしょうが」

繁太郎は言い、

「では、私は」

と、会釈して立ち去りかけた。

が、ふいに戻ってきて、

「仇討ち願いが出されれば奉行所は当然受け付けます。この件に関して奉行所で本柳雷之進を裁くことは出来ません。私の考えですが、ここは仇討ちをするしかないと思います。出来る限り、協力いたします」

「ありがとうございます」

伊平太は思わず繁太郎の顔を見直した。

「水島家は本柳雷之進を匿っています。この先も匿い続けるでしょう。先ほども言いましたように、本柳雷之進は藩主の寵愛を受けているのですから。仇討ちの許可をとり、水島家に本柳雷之進を上屋敷の外に出してもらうしかない。もっとも、雷之進も日がな屋敷に閉じ籠もってはいられまい。必ず、いつか屋敷を出るでしょう。その機会を狙うしかないでしょう」

　繁太郎はさらに続ける。

「ただ、仇討ちはそんなに簡単なものではありません。仇討ちが正式に認められれば、本柳雷之進には助っ人がつくでしょう。それもかなりな助っ人が。それに対抗出来る力を集めねばなりません」

「わかりました」

　伊平太は悲壮な覚悟で頷いた。

「出来る限り協力いたしますと言いましたが、私が出来ることは、本柳雷之進の動静をお知らせすることぐらいかもしれません」

　繁太郎は言う。

「いや、それで十分だ。こっそり上屋敷を抜け出て国許に帰るとわかれば、その途中で待ち伏せ出来る」

　甚兵衛は息巻いた。

「また何かわかったらお知らせに上がります」

「かたじけない」

甚兵衛は頭を下げた。

「では」

繁太郎は改めて戸口に向かった。


繁太郎が引き上げたあと、伊平太は大叔父の甚兵衛と話し合った。

「本柳雷之進もかなりの剣客で、水島家でも指折りの剣客が助っ人につきましょう」

伊平太は口にする。

「我らは誰が？」

「門弟の三上時次郎が助っ人になってくれるはずです。三上どのは早くから仇討ちをすべきだと訴えていました」

伊平太は言う。

三上時次郎は父が目をかけていた門弟だ。

「あとは？」

「期待出来ません」

「そなたと三上時次郎のふたりか。他にいないか」

甚兵衛は驚いて言う。

「大叔父どののほうは？」

伊平太がきく。

「わしのところは無理だ。倅たちもお役に就いており、仇討ちに加担など出来ぬ。わしとて、無理だ」

「お待ちください。大叔父どのは仇討ちに積極的でしたが、ご自身は加わるつもりはないということですか」

「伊十郎の仇を討ちたい気持ちはやまやまだ。だが、いかんせん、わしは歳だ。役に立てぬ」

「…………」

伊平太は落胆した。

しかし、甚兵衛は伊平太の心を余所に、

「よく考えてみろ。助太刀してくれる者がいるはずだ。伊十郎の友人たちはどうだ？剣客の知り合いも多いはずだ」

と、煽った。

「いえ。返り討ちになるかもしれず、よほど近しい者でなければ協力を仰ぐことは出来ません」

「せめてわしがもっと若ければ」

甚兵衛は悔しそうに言い、

「そうだ。多岐の亭主はどうだ？　平八郎はかなりの腕前と聞いている」

と、声を高めた。

「でも、義兄(あに)は那須山藩飯野家の家臣です」

「しかし、伊十郎の娘婿だ」

「はい」

「いいか、伊平太。本柳雷之進はかなりの腕前だ。そなたと三上時次郎が立ち向かって勝てる公算がどのくらいか」

甚兵衛は真顔になり、

「ましてや、強力な助っ人がつくとなれば、我らの旗色は悪い」

「…………」

「伊平太。平八郎を頼るしかない」

甚兵衛は強く言う。

「姉に相談してみます」

伊平太は立ち上がった。

「待て、多岐をここに呼んで」

「いえ、姉とふたりきりで話してみます」

「そうか。では、行ってこい」

甚兵衛は急かした。

伊平太は姉を探した。

母といっしょだと思い、仏間に行った。

姉の多岐だけが仏壇の前に座って手を合わせていた。伊平太は近くに腰を下ろして待った。父の新しい位牌を見て、またも込み上げてくるものがあった。

いつまでも手を合わせているので、

「姉上」

と、伊平太は声をかけた。

ようやく、姉は手を下ろして顔を向けた。

「姉上、お話が」

「はい」

多岐が何かという顔をした。

「本柳雷之進が父を殺したことを認めたそうです」

同心の武井繁太郎から聞いた話をした。

「奉行所の裁きに期待をしていましたが、無理なようです。浜松藩水島家のほうでかばっている限り、奉行所は手も出せないのです」

伊平太は厳しい顔になって、

「もはや、仇討ちをするしかありません」

と、訴えた。

「よう申された」

多岐は待ちかねたように言う。

「父の無念を晴らすにはそれしかありません」

「姉上がそこまでお考えとは思いませんでした」

伊平太は気が楽になり、

「私に助太刀してくれるのは三上時次郎どのだけです。それで、義兄上にも助太刀をお願いしたいのです。構いませんか」

と、口にした。

「もちろんです。平八郎どのの手を借りなければ、ふたりだけでは無理です」

多岐は思い詰めた目を向け、

「私はとうに覚悟がついています」

と、伊平太を叱咤するように言った。

「必ず、父上の仇をとります」

伊平太は拳を握りしめて言った。

四

平八郎の濡縁からお城の天守が望める。

義父が亡くなってひと月が過ぎた。そろそろ四十九日の法要が行われる。実家に帰ったままの多岐は四十九日の法要を済ませてから江戸を離れることになっていた。

日が落ちると、風もひんやりしてきた。平八郎はいまやおそしと垣根の向こうの通りに目をやった。

義弟の伊平太から文が届いたのは一昨日だった。下手人が捕まったという報告かと思ったが、違った。伊平太がこっちに来るという内容だった。

夕闇が迫ったとき、ようやく旅装の伊平太が現われた。

平八郎は玄関に出ていった。土間に、伊平太が立っていた。

「よう参った」

平八郎は声をかけ、女中に濯(すす)ぎの水を持ってこさせた。

「すみません」

伊平太は足を盥(たらい)に入れて濯いだ。

居間で、改めて旅装を解いた伊平太と向かい合った。

「何か進展があったのか」

平八郎はきいた。

「はい。本柳雷之進が父を斬ったことを認めました」

「何、認めた?」

「はい。用人どのが雷之進に事情をきいたら、今度は素直に認めたそうです」

「………」

平八郎は首を傾げた。なぜ、急に。

「でも、口論から決闘になった末のことだと言い張っています。浜松藩水島家のほうも雷之進の言い分を信じ、水島家にて処分をするということで、奉行所には引き渡さないと」

伊平太は不快そうに言う。

「町中でひとを斬ったのだ。当然、奉行所が扱うはずだが」

平八郎は眉根を寄せた。

「奉行所も水島家に強く出られないようです」

「水島家から付け届けをたくさんもらっているのか」

各大名は家中の者が町で喧嘩などに巻き込まれたときに備え、日頃から奉行所に付け届けをしている。

「それだけではなく、藩主の水島忠光公は老中の水島出羽守さまの親戚であり、お奉行も強く出られないそうです」

「仕返しをされないためにか」

平八郎は口元を歪めた。

「奉行所で裁けないのなら、私が父の仇を討つしかありません。同心の武井さまもそれを勧めています」

「仇討ちか」

「はい。さっそく、仇討ち願いを奉行所に出しました。仇の本柳雷之進の居所は確かなために、武井さまが水島家の用人どのと掛け合ったところ、決闘の場を設けると約束したそうです」

「決闘とな」

「はい。本柳雷之進は仇と狙われ続けては、落ち着いて外出も出来ない。いっそ、決闘で決着をつけたいという意向で」

「江戸の上屋敷からこっそり国許に逃がすのではないかと思ったが……」

平八郎は表情を曇らせた。

「国許に逃げようが、私はどこまでも追いかけていきます」

「いや。国許での仇討ちは不利だ。どんな加勢が向こうに加わるやもしれぬ」

平八郎は言い、

「江戸にて決闘の場が設けられるならそのほうがいい」

「はい」

「だが、相手がわざわざ決闘と言いだしたのは返り討ちする自信があるからだ。そもそも、なぜ急に自分が斬ったことを認めたのだ?」

平八郎は疑問を口にした。

「じつは、私と三上時次郎のふたりで本柳雷之進に会いました。そこで、言い合いになって」

と、伊平太はそのときの様子を話した。

「なるほど。雷之進を責めたわけか」

「はい」

「もはや言い逃れは出来ないと察し、仇討ちの決闘に持ち込んで返り討ちにするどいう道を選んだのだ」

平八郎は胸がざわついた。

仇討ちは認められているが、仇討ちの結果がどうなろうが、さらなる仇討ちは認められない。

伊平太が本柳雷之進を倒しても、雷之進のほうの誰かが伊平太に仇討ちをすることも出来ず、また本柳雷之進が伊平太を返り討ちに倒しても、それで終わるのだ。

「雷之進のほうが仇討ちを仕掛けてきたのだ」

「…………」

「本柳雷之進はかなりの使い手というではないか」

「はい。それに本柳雷之進には親戚が多く、他藩ですが、剣術指南役をしている者もいるそうです」

「伊平太。そなたの助太刀は誰がいるのか」

「師範代の三上時次郎が助けてくれます」

「他には?」

「大叔父のほうは無理ということで……」

「では、ふたりだけか」

平八郎は驚いて言う。

「はい」

「無茶だ。おそらく、相手は腕の立つものを何人も揃えるはずだ」

平八郎は不利な状況を悟った。

「義兄上、お願いです。助太刀を」

「私が加わっても三人だ。向こうは剛の者を十人ぐらいは集めるのではないか」

「はい。でも、父の無念を晴らさなければなりません。義兄上、どうか助太刀を」

「………」

平八郎は返答に詰まった。

このままでは伊平太たちは返り討ちに遭うだろう。平八郎が加担したとしても、どれだけ闘えるか。

「多岐にはこのことを話したか」

「はい」

「なんと？」

「姉も義兄上に助太刀を願うようにと」

「多岐がそのようなことを……」

伊平太が縋るように見ている。

多岐がその覚悟なら問題はない。ただ、正孝公のことが……。

平八郎の家は祖父の代から那須山藩飯野家の家臣だった。平八郎は今の藩主正孝公とは同い年で、正孝公の学友に選ばれ、学問、武芸などをいっしょに学んできた。幼馴染みでもあった。

「わかった。助太刀しよう」

「ほんとうですか」

「うむ」

伊平太は安心したように顔を和ませた。

その夜は、酒を酌み交わしながら、亡き義父の思い出を語り合った。

「父は頑固な面がありましたが、決して自分の我を通すお方ではありませんでした。私が学問の道に進むことを許してくれましたし」

伊平太は涙ぐんだ。

多岐を嫁にもらうときもそうだった。ほんとうは道場を継いで欲しいと言っていたが、最後は平八郎の希望を聞き入れてくれたのだ。

「ところで、道場はどうするのか」

平八郎はきいた。

「もし、無事に仇討ちがなった場合には、師範代の三上時次郎どのに任せるという話になったようです」

「だいぶ、門弟がやめていったそうだな」

「はい。半分近くいなくなったようです。でも、仇討ちが成功すれば、また戻ってきてくれるものと思っています」

「そうだな」

ふと、平八郎は思いだしたことがあった。

「伊平太。ちょっとききたいのだが」

「なんでしょう」

「いつぞや、弟子の中に道場を継げる者はいないのかときいたとき、大叔父どのが、じつは伊十郎は三上……と言いかけた。それを多岐が制したことがあった」

「……はい」

伊平太の返事まで間があった。

「ひょっとして、義父上は道場を三上どのに継がせるお考えだったのか」

「はい」

「もしや、多岐は……」

平八郎は胸が塞（ふさ）がれそうになった。

「義父上は三上どのを多岐の婿にして道場を継がせようと考えていたのか」

「……」

伊平太は困ったような顔をした。

「どうなんだ？」

平八郎は問い詰めた。

「そうです」

「やはり、そうか」

それを、俺がしゃしゃり出て多岐をかっさらってしまったのか。

三上時次郎を多岐の婿にして道場を継がせるという義父の夢を俺が潰したのだ。それなのに、恨みごとを言わなかった。

「知らなかった」

平八郎は胸をかきむしりたくなった。

「義兄上、姉は義兄上に嫁ぐことを望んだのです。父も仕合わせに暮らしている姉に満足していました。義兄上が気にすることはありません」

伊平太はなぐさめた。

「義父上の心の広さに改めて感じ入った」

平八郎は素直に思いを口にした。

「はい」

「義父上の無念を必ず晴らす」

平八郎は改めて決意を口にした。

鐘の音が聞こえてきた。

「五つだ」

平八郎は言い、

「疲れているだろう。もう休んだほうがいい」

と、勧めた。

「義兄上、私は明朝、江戸に帰ります」

「なに、さっき着いたばかりではないか」

平八郎は驚いて言う。

「義兄上に助太刀をお願いするのに私自身が直(じか)にお会いしてお頼みすべきと思ってここまでやってきました」

伊平太はやや興奮して、

「義兄上が助太刀してくださるという返事を早く姉や大叔父、三上時次郎に知らせたいのです。それに、江戸を留守にしている間にも雷之進の動静が気になります」

と、付け加えた。

「せめて、もう一泊したらどうだ？」

「ありがとうございます。でも、疲れはだいじょうぶです」

「そうか。わしは二、三日のうちにここを発つ」

伊平太はたくましく言った。

「お待ちしています」

「では、ゆるりと休むがよい」

「はっ」

伊平太は頭を下げて立ち上がった。

平八郎は文机に向かい、多岐に宛てて文を認めた。助太刀をするに当たり、脱藩すること、屋敷を整理して江戸に向かうことなど、事細かく書いた。

書き終え、封を閉じたあとで、平八郎は深く溜め息をついた。

那須山藩飯野家における祖父の代からの松沼家は、平八郎の代で潰えるのだ。

平八郎が助っ人したからといい、本柳雷之進らを相手に勝てるという保証はない。返り討ちに遭うことも十分に考えられる。

また、無事に仇を討ったとしても帰参が叶うだろうか。

しかし、いま考えるのは決闘に勝ち抜くことだけだと、自分に言いきかせた。

五

翌未明、伊平太はあわただしく江戸に発った。

平八郎は町外れを流れる飯野川にかかる橋の袂まで見送った。橋を渡れば脇街道に出て、そこから奥州街道に出る。

「義兄上、では到着をお待ちしています」

「多岐への文を持ったな」

「はい」

「道中気をつけてな」

「では」

伊平太は橋を渡っていった。

途中で振り返り、伊平太はまた軽く頭を下げた。

伊平太の姿が見えなくなって、平八郎は屋敷に戻った。

これから大きな仕事が待っていた。

着替えてから、平八郎は組頭の屋敷を訪れた。

玄関で、応対に出た女中に田所伝兵衛(たどころでんべえ)への面会を求めた。

「少々お待ちください」

女中は奥に向かった。

すぐに戻ってきて、

「どうぞ」

と、客間に案内した。

待つほどのこともなく、田所伝兵衛がやって来た。丸顔で眉毛が濃く、五十歳近いが若く見える。

「出仕前のあわただしいときに押しかけて申し訳ありません」

平八郎は低頭して詫びた。

「何かあったのか。ひょっとして、岳父どののことか」

伝兵衛は眉根を寄せた。義父が非業の死を遂げたことを、伝兵衛は知っている。

「はい。義父を殺した者が判明し、義弟の伊平太が仇討ちをすることになりました。

そこで、私に助太刀を乞うてきました」

「………」

伝兵衛はすぐに口を開こうとしなかった。

「相手は助太刀が多く、伊平太にはひとりしかいません。私が助太刀しないと返り討ちに遭うのは必定」

平八郎は説明し、

「助太刀したく、お許しをいただきたくお願いを」

と、訴えた。

「承知のとおり、我が藩でも仇討ちは認めておらぬ。仇討ちは私事だ」

「はい」

「お役を離れなければならぬ。それでも仇討ちの助太刀をするのか」

「はい。それが定めと心得ております。仇はわかっており、向こうから決闘の申し入れがあったのです。義弟を見殺しにするわけにはまいりません」

平八郎は言い切る。

「決闘とな。では、仇を求めて旅に出るというわけではないのだな」

仇が逃亡すれば、何年かかっても追いかけていかねばならない。だが、義父の場合は仇も居場所もわかっているのだ。

「それならそれほどの日数はかからぬな」

「はい」

「ならば、藩を離れずに」

「田所さま」

平八郎は相手の声を制した。

「何か」

「仇が本柳雷之進といい、浜松藩水島家家中の者にございます。浜松藩水島家は老中の水島出羽守さまと親戚関係にあるとか。後々、我が藩にとばっちりがあるといけません」

「脱藩するというのか」

伝兵衛が顔色を変えた。

「はい。相手の助っ人には水島家の家臣もいるかもしれません。ここは藩を離れ、浪人の身分で仇討ちに臨みたいと思っております。仇討ちがならず、返り討ちに遭うこともありえます。その場合でも一介の浪人として死していきます。御家に迷惑をかける真似だけはしたくありませんので」

「うむ」

伝兵衛は腕組みをして唸(うな)った。

「じつは、岳父どののことでそちが江戸に向かったあと、殿が気にかけておられたそうだ。万が一、仇討ちとなったらそなたが脱藩するのではないかとな」

「そうですか」

正孝公のことを考え、胸が痛んだ。

「ともかく、ご家老に相談をしてみる。声をかけるから屋敷で待て」

「それから、我が家の奉公人のことですが」

郎党ひとりと女中がいる。

「このふたりの奉公先を……」

「わかった。なんとかしよう」

伝兵衛は溜め息混じりに言った。

「ありがとうございます」

平八郎は組頭の屋敷を辞去し、自分の屋敷に戻った。

すぐに郎党と女中を部屋に呼んだ。ふたりとも、予期していたように落ち着きをなくしていた。

「気がついていると思うが、わしは義弟の仇討ちの助太刀をすることになった。そのために藩を辞めることになった」

「旦那さま」

女中が畳に手をついて、

「仇討ちが済んだらまたお戻りになられるのではないですか。だったら、お待ちしています」

と、訴えた。

「私もお待ちします」

郎党も訴えた。

「ありがたいが、無事に戻れるかどうかもわからぬ。もちろん、戻ることが出来たらまた働いてもらいたいと思っている。だが、今はいったん、主従の関係を解消したい。そなたたちの今後については組頭の田所さまにお願いしてある」

「旦那さま」

女中が泣きだした。

平八郎は手文庫を引き寄せ、中から懐紙に包んだものを出して、ふたりにそれぞれ渡した。

「今までご苦労だった」

郎党は中を見て、

「こんなに。いけません、こんなに」

と、あわてて押し返そうとした。

ふたりに五両ずつを渡したのだ。

「少ないが、これまでの感謝を込めてだ」

「もったいない」

ふたりが異口同音に言った。

「それから、頼みがある。わしが出ていったあとも、しばらくはここで暮らせよう。そして、出ていくことになったら、家財道具など道具屋を呼んで処分してもらいたい」

「はい」

「その代金はふたりで分けるように」

「旦那さま」

郎党は嗚咽を漏らした。

「簞笥に多岐の着物が残っているが、田所さまのところに運んでもらいたい」

「ご新造さまとはもう会えないのでしょうか」

女中が涙声できいた。

「いや、事が済んだらこちらに挨拶に戻る」

どうなるかわからないが、平八郎はそう述べた。

昼過ぎになって、平八郎は本丸御殿に呼ばれた。

田所伝兵衛とともにまず国家老の大槻佐平に会い、その後、佐平とともに藩主正孝公との対面の間に行った。

上座の間に正孝公が現われると、平八郎は低頭した。

「松沼平八郎、事情は聞いた」

いきなり、正孝公が口を開いた。面長の穏やかな顔だちだ。

「どうか、勝手な振る舞いをお許しください」

　平八郎は心の底から詫びた。

「出来ることなら、わしはそなたを行かせたくはない。しかし、武士としてのそなたの胸中はよくわかる」

「はっ」

「無事、仇討ちが成就したら、また戻ってくるのだ。よき家臣、よき友を失いたくないのだ」

「もったいないお言葉」

　平八郎は感激に胸がいっぱいになった。

　出来ることならまた帰参したいが、平八郎には気がかりなことがあった。そのことを、家老の佐平が口にした。

「殿。松沼平八郎から聞きましたが、仇の本柳雷之進は浜松藩水島家藩主水島忠光の寵愛を受けており、水島家を挙げて雷之進を支援しているとのことでございます」

　佐平は間を置き、

「つまり、仇討ちの決闘の相手は本柳雷之進だけではなく、浜松藩水島家でもあるのです。無事仇を討って帰参したとき、水島家が黙っているか」

正孝公は唖然とした顔になり、

「平八郎の帰参は叶わぬと申すか」

と、激しい口調で言った。

「いえ、すぐに帰参はさせぬほうがよろしいかと」

佐平は平八郎を一瞥し、

「ほとぼりが冷めてから帰参させるべきかと」

と、正孝公に進言した。

「どのくらいの期間を見ればいいのだ？」

「さあ」

佐平は首を傾げ、

「少なくとも半年、いや一年。場合によれば、二、三年は……」

「ばかな」

正孝公は顔をしかめた。

「しかし、それはすべてが済んでからのこと。今は、松沼平八郎が無事仇討ちを成就出来るかどうかが問題です」

佐平に返事することなく、正孝公は平八郎にきいた。

「いつ、発つのだ？」

「出来るだけ早く。明日にでも」

「うむ」

正孝公は溜め息をもらし、

「平八郎。今夜は付き合え」

と、声をかけた。

「はい」

平八郎は胸を熱くして頭を下げた。


その夜、平八郎は正孝公の部屋に招かれた。

庭から涼しい風が入り込んできた。月が皓々と照っている。

女中が杯に酒を注いだ。

「いただきます」

平八郎は杯を目の高さに掲げてから口に運んだ。

「子どもの頃、よくこの部屋に上がり込んで遊んだものだ」

正孝公は目を細めて思い出したように言う。

「庭から駆け上がり、また部屋から庭に跳び出たりしました。障子を突き破ってしまったことも」

平八郎も子どもの頃を懐かしく蘇らせた。

「そうよな。母上からこっぴどく叱られた」

正孝公は苦笑した。

「五年前」

正孝公がふと思いだしたように、

「そなたが多岐を嫁にしたいと言いだしたときは、正直驚いた」

と、口にした。

「あのときは御迷惑をおかけしました」

平八郎は頭を下げた。

平八郎の嫁は俺が探すと、正孝公は言っていたのだ。それまで、平八郎は女にあまり関心はなかった。そんな平八郎を気づかっての正孝公の言葉だったが、芝の増上寺で多岐を見かけて、一変した。

「そなたが、あれほどひとりの女に一途になるとは信じられなかった」

正孝公はふと顔を引き締め、

「だが、運命はわからないものだ」

と、呟いた。

「はい」

平八郎は小さく頷く。

多岐と出会わなかったら、仇討ちに巻き込まれることはなかったろう。これも定めなのだ。

多岐を嫁にして五年、仕合わせな日々を過ごしてきた。子どもが出来なかったことが心残りだったが、今になってみると、よかったのかもしれない。

仇討ちで、相手は強力な助っ人を大勢用意するだろう。果たして、勝てるか。返り討ちに遭う公算も大きい。

命を落とすことも十分にあり得る。そう考えれば、子どもがいなかったことは幸か。いや、自分がいなくなったあとのことを思えば、子どもがいたほうが多岐にとっては救いだったか。

「平八郎、死ぬな」

正孝公が真顔で言った。

「はい。死にはしません」

平八郎は強がって言ったが、正孝公は平八郎の内心の不安を感じ取ったように、

「もし必要なら、わが家中の手練の者を助太刀に出そうぞ」

と、口にした。

「いえ、心配いりません」

余裕を見せるように、平八郎は笑みを湛えて言う。

那須山藩飯野家の家臣が助太刀をすれば、それこそ浜松藩水島家と飯野家の対決という図式になりかねない。

それは避けねばならなかった。

「鷹狩りの支度にとりかかろうというときに、藩を抜けることになり、申し訳なく思っております」

「そなたがおらぬと寂しい。いつか、いっしょに鷹狩りに」

正孝公は真顔で言う。

「はい。必ず」

そういう日は来ないだろうと思いながらも、平八郎は約束をした。

正孝公は手を叩いた。

女中がやってきた。

何か声をかけた。

女中が下がってしばらくして近習番(きんじゅ)の武士がやってきた。

「どうぞ」

近習番は正孝公に脇差を渡した。

「ごくろう」

近習番が下がったあと、正孝公は平八郎に顔を向けた。

「平八郎、近(ち)こう」

「はっ」

平八郎は酒膳を脇に寄せ、膝で前に進んだ。

「もう少し」

平八郎は正孝公の酒膳の近くまで進んだ。

「平八郎。そなたにこれを預ける」

そう言い、正孝公は脇差を差し出した。

「預ける?」

平八郎は怪訝に思いながら脇差を両手で押しいただいた。

「これは」

改めて脇差を見て、平八郎は目を見開いた。

「室町期の名工国友作だ。わしが誕生したとき、祖父の先々代からいただいたものだ。幸運を招く脇差だ。これを持っていれば、必ず願いは叶うだろう。持っていけ」

「このような大切なもの。お預かりできません」

平八郎は恐れ多く辞退した。

「そなたにやるのではない。預けるだけだ。いつの日か帰参した際に返してもらいたい」

「いけません。万が一、仇討ちで不覚をとりましたら、お返しできなくなるかもしれません」

「そのときはそのときだ。だが、そなたが敗れるわけはない。わしと思って肌身離さず側に置いてもらいたい」

「殿」

脇差を胸に抱き締め、平八郎はとうとう堪えきれずに嗚咽をもらした。

第二章　助太刀

一

朝霧がかかっていた。

平八郎は郎党と女中に別れを告げ、那須山藩飯野家のご城下をあとにした。

途中、振り返る。お城の天守が明けやらぬ暗闇の中に浮かんでいた。平八郎は深々と頭を下げた。

死出の旅になるかもしれない。二度と、お城を見ることはない。そう思うと、胸の底から突き上げてくるものがあった。

昨日は藩の朋輩たちに挨拶をし、そして菩提寺の墓に参り、住職に後々の供養を頼み、思い残すことなく、奥州街道を江戸に向かった。

江戸まで四十里（一五七・〇九キロ）弱。四日はかかるが、平八郎は三日で江戸に着こうとした。

昼に握り飯を歩きながら食べ、休憩もとらずにひたすら歩き、日が暮れたが、なおも歩き、宇都宮宿に着いた。

ここで奥州街道は日光街道と合流するだけあって、賑わっていた。

本陣二軒に脇本陣も一軒あり、旅籠も四十軒ほどあった。平八郎は問屋場の近くにある旅籠に草鞋を脱いだ。

女中の案内で、階段を上がると、新しい客が入ってきた。商人のようだ。平八郎はそのまま女中について二階に行った。

二階の階段に近い部屋に入った。宿帳に名を書く。

女中がやってきて、

「お風呂をどうぞ」

と、言った。

平八郎は刀と脇差を風呂場まで持って行った。

五右衛門風呂に入り、部屋に戻った。障子を開けて部屋に入ろうとしたとき、奥の部屋から男が出てきた。

平八郎は男と顔があった。男は如才なさそうににこやかに頭を下げた。平八郎も軽く会釈をして部屋に入った。

夕餉(ゆうげ)の支度が出来ていた。女中が飯を持ってきた。

「お酒はいいんですかえ」

女中はきく。

「いい」

焼き魚と野菜の和え物に漬け物という食事をとり終えると、女中は食事を片づけ、ふとんを敷いた。

一日歩き通しだった疲れがどっと出て、平八郎は早々とふとんに入った。

どれほど経ったか、平八郎ははっとして目覚めた。この部屋の前の廊下にひとの気配がする。

平八郎は手を伸ばし、刀を引き寄せた。

部屋の前からひとの気配は消えない。様子を窺っているのだ。平八郎はわざといびきを立てた。

やがて、静かに障子の開く音がした。何者かが部屋に入ってきた。ふたりいるようだ。

鞘から刀がすべる音がした。刀を抜いたようだ。ふたりはふとんの両脇にきた。

ひとりが刀を逆手にとって上から突き刺そうとした。

平八郎は素早く跳ね起き、その刀を鞘で払った。

男はあっと声を上げ、後退った。もうひとりは刀を構えていた。こっちは浪人だ。

「何者だ？」

平八郎は誰何した。

「奥の部屋の商人か」

平八郎が言うと、浪人が斬りつけてきた。

平八郎は鞘のまま弾いた。浪人はよろけた。鞘の鐺で腹を突く。浪人はうっと呻いてくずおれた。

平八郎は刀を抜き、商人ふうの男の喉に切っ先を突き付け、

「何者なのだ？」

と、改めてきいた。

「金を……」

男は言う。

「枕探しか」

旅人の就寝中に金を盗む輩かと思ったが、それにしては浪人がいっしょなのはおかしい。平八郎はうずくまっている浪人に目を向け、

「この浪人は？」

と、きいた。

「旦那が強そうなので万が一と思っていっしょに」

男の目が泳いだ。

「そなたは最初から俺を殺そうとしていた。単なる枕探しではあるまい？」

「旦那を殺さないと、金は奪えないと思って」

男は言い訳をする。

「なぜ、俺を狙った？」

「金をたくさん持っていると踏んだんです」

言っていることがどこまでほんとうかわからないが、ここで騒いで宿場役人に事情をきかれたりして足止めを食うのは避けたい。

「今夜は見逃す。部屋に帰れ」

平八郎は切っ先を喉に当て、

「今度近づいたら斬る。いいな。宿の者に気づかれぬうちにこの浪人を連れて出て行

け」

と、強く言った。

「わかった」

男は浪人を支えながら部屋から出て行った。

枕探しではあるまい。俺が狙いか。しかし、狙われる理由はない。

再び、平八郎はふとんに入った。

夜明け前に、平八郎は宿で作ってもらった握り飯を持って出立した。薄暗い中、あちこちの旅籠から旅人が出てきていた。

日光に向かう者もかなり多いようだった。

平八郎は江戸に向かった。もくもくと雑木林が沿道に続く街道を行く。

石橋宿を過ぎ、桑畑がひろがっている中を足早に進む。やがて、小山宿が見えてきた。

ふと立ち止まり、平八郎は草鞋の紐を結び直す振りをしてしゃがんだ。背後を窺う。

宇都宮宿を出たときからずっとついてくる。こっちの急ぎ足に合わせている。単に江戸に向かう旅人ではない。

立ち上がるとき、さりげなく振り返った。

やはり、昨夜の商人ふうの男だ。道中差しを差している。浪人はいない。

間々田宿、野木宿を過ぎて、陽が落ちてきた。かなたに夕陽を受けた城が見えてきた。古河城だ。

平八郎は古河宿を素通りして次の中田宿まで足を伸ばした。商人ふうの男はやはりついてきた。

中田宿に着いた。小さな宿場町である。

次の栗橋宿まで行きたかったが、中田宿と栗橋宿の間に利根川が流れ、『房川の渡し』の渡し船に乗らねばならなかったが、すでに船の運航は終わっていた。

客引きの女中に誘われて古びた旅籠に入った。上がり框に腰を下ろし、足を濯ぎながら外を見ていると、商人ふうの男が前を行き過ぎた。

今夜は同じ旅籠には泊まらないようだ。

翌朝も未明に旅籠を出立した。

行く手に利根川の河原が見えてきた。房川の渡し場に向かう途中、例の商人ふうの男が河原の石に腰を下ろして煙草を吸っていた。

平八郎に気づくと、煙管を叩いて、立ち上がった。

「旦那」

男が声をかける。

「ずっと俺をつけてきているようだが」

平八郎は問い詰めるようにきく。

「旦那に用があるというひとがいましてね。ちょいと、そこまで付き合っていただけませんか」

男は鋭い目を向けた。

「俺に用だと？」

平八郎は冷笑を浮かべ、

「誰かと間違えているのではないか。俺にはそんな知り合いはいない」

と、相手を睨みつける。

「いえ、間違えじゃありません。どうか、すぐそこですから」

男はにやつきながら言う。

「昨夜の仕返しをしようと言うのか。仲間を集めて」

平八郎は首を横に振り、

「俺はそんなことにかかずらっているわけにはいかぬ。悪いが断る」

と言い、振り切って歩きはじめた。

「松沼平八郎さま」

男が名を呼んだ。

平八郎は振り返った。

「どうして俺の名を？」

「どうか、そこまで」

平八郎は気になって、男のあとについて河原を移動した。

土手沿いに木立が並んでいる。

男が足を止めて、顔を向けた。

と、同時に木の陰から覆面の侍が現われた。続けてふたり。浪人だ。浪人が三人に
商人ふうの男が平八郎に立ちふさがった。

「俺に何用だ？」

平八郎は問いかける。

「松沼さま。どうぞ、ここでお果てに」

商人ふうの男が言う。

「わけをきこう」

平八郎はきく。

「昨夜の仕返しですよ」

「仕返し？」

平八郎は苦笑し、

「昨夜、俺の殺害に失敗した。新たな仲間を集めて俺を襲おうとする。それは仕返しとは言わぬな」

「金を奪えなかったのでね」

「そなたは枕探しではない。最初から俺の命が狙いだった。それに、おぬしも侍であろう。誰に頼まれて、俺の命を狙うか」

言い合っている間に、覆面の浪人が抜刀し、迫ってきた。

「止むを得ぬ。相手をする」

平八郎は刀を抜き、峰を返した。

背の高い浪人が上段から斬り込んできた。平八郎は後退って切っ先を避け、素早く足を踏み込んで相手の胴に刀の峰を打ち込んだ。

横合いから斬りかかってきた浪人の剣を弾き、相手の右肩を峰で打ちつけ、さらに残った浪人に斬り込んでいき、相手の脾腹を打ち付けた。

商人ふうの男が突っ立っている。

「三人とも峰打ちだ。心配ない」

斬り捨てると、宿場役人がやってきて面倒になる。早く江戸に行かねばならないのだ。

「そなたを問い詰めたいところだが、その余裕もない」

平八郎は刀を鞘に納め、

「もう邪魔をするな」

と言い捨てて、渡し場に戻った。


利根川を渡ったが、栗橋の関所で足止めをくらった。

関所の役人が、古河宿の集落で強盗を働き三人を斬った侍がここを通るというので調べていると言い、

「そなたの名は?」

と、きいた。

「那須山藩飯野家家臣松沼平八郎でござる」

平八郎は答える。

「すまないが、腰のものを拝見したい」

「腰のもの?」

「そうだ。三人を斬っている。刀を検めたい」

理不尽だったが、こんなところでぐずぐずしたくなかった。

平八郎は刀を渡した。

役人は口に懐紙をはさみ、平八郎の刀を鞘から抜いた。

矯(た)めつ眇(すが)めつ調べていたが、やっと鞘に納め、

「失礼つかまつった」

と、刀を返した。

「もうよろしいか」

「どうぞ」

やっと通れたとき、平八郎は役人にきいた。

「強盗がここを通るという話はいつどこから?」

「今朝だ」

「ほんとうにそんな強盗がいたかどうか確かめたほうがよろしいかと」

平八郎は言い捨て、関所をあとにした。

邪魔がはいったせいで、今夜中に江戸に着く予定が大幅に遅れ、この夜は草加宿に泊まった。

その夜、ふとんの中で、平八郎はふとあることに気づいた。

宇都宮宿での夜討ちのような襲撃、そして、利根川河原でのこと、さらに栗橋の関所での取調べ。

すべて繫がっている。平八郎の江戸到着を遅らせようとしているのではないか。

翌朝、平八郎は七つ（午前四時）に草加宿を出て、問屋場で事情を話し、馬を借りた。

平八郎は馬を疾走させ、千住宿までいっきに走った。問屋場に馬を返し、山谷の船宿から二丁櫓の猪牙船を雇い、芝に向かった。ようやく陽が昇ってきた。

ふたりの船頭が漕ぐ猪牙船は軽快に大川を進み、吾妻橋をくぐり、両国橋、新大橋、永代橋とくぐって、霊岸島から築地を過ぎ、浜御殿を見ながら金杉川に入った。

赤羽橋の近くの船着場でおり、平八郎は飯倉四丁目にある小井戸伊十郎道場に向かってかけた。

門に駆け込み、大声で叫びながら玄関を上がった。

多岐が飛び出してきた。

「伊平太は？」

「ちょっと前に決闘の場に出かけました」

「なんだと？」

「明日になれば本柳雷之進は浜松の国許に帰るという知らせがあり、急遽今日が決闘の日に」

多岐が震えを帯びた声で言う。

「して、伊平太の助太刀は？」

「三上時次郎どのだけ……」

「場所は？」

平八郎はたすきをかけながらきく。

「赤坂の溜池の馬場辺りと」

「杓に水を」

平八郎は言い、玄関に行き、新しい草鞋を穿き、多岐が持ってきた杓で水を口に含み、刀の柄に吹きかけて、溜池の馬場に向かって駆けだした。

二

溜池に着いた。馬場の近くの木立の中に野次馬が集まっていた。かき分けて前に出ると、すでに決闘がはじまっていた。

「伊平太」

平八郎は叫び、抜いた刀を振りかざしながら闘いが行われている場所に走った。

木陰からたすき掛けの侍が三人飛び出してきて立ちふさがった。

「どけ」

平八郎は叫ぶ。

伊平太がひとりの侍に追い詰められていた。その後ろに三人の侍が控えている。少し離れたところで、三上時次郎が五人を相手にしていた。

平八郎は強引に目の前の三人に向かって斬り込んでいく。三人も剣を構えて迫った。

平八郎は真ん中の侍を目指して突進し、相手の剣を弾き、剣を返しながら相手の右腕を斬った。横から襲ってきた剣を身を翻して避けながら、相手の手首に切っ先を当てた。たちまち、ふたりがうずくまった。

残ったひとりが剣を立てて突進してきた。平八郎は寸前で体をかわし、空を切った相手の剣を弾いた。剣が宙に舞った。すでに相手は萎縮していた。

平八郎は伊平太のほうに走った。

「伊平太」

平八郎は大声を張り上げる。

「義兄上」

伊平太が叫んだ。腹を押さえている。

「どうした？」

「たいしたことありません」

伊平太は気丈に言う。

「なぜ、おまえが……」

伊平太を追い詰めていた侍が驚いたように言う。たすき掛けで、袴の股立（ももだち）をとっている。色白で、眉尻がつり上がり、紅を塗ったように唇が紅い。

「そちが本柳雷之進か」

平八郎は確かめる。

「そうだ」

雷之進が応じた。

「拙者は伊平太の義兄の松沼平八郎だ。伊平太とともに仇を討つ」

「返り討ちにしてくれる。おい」

雷之進が合図をすると、背後にいた三人の侍が前に出てきた。皆、たすき掛けで、袴の股立をとっている。

「卑怯者」

平八郎は怒りをぶつけた。

「俺を旅先で襲い、倒せないとなると、江戸への到着を遅らせようとした。そなたたちには武士の矜持(きょうじ)はないのか」

平八郎は問い詰める。

「俺は知らぬ」

「とぼけるな。俺を決闘に間に合わせまいとした。それでも武士か」

「なにをほざくか」

いかつい顔の侍が大声を出す。

「許せぬ」

平八郎は吐き捨て、

「いいか。そなたは本柳雷之進だけを狙え。俺が他の者を殺る」

と、伊平太に言う。

「はい」

平八郎は刀を肩に担ぐように構え、助っ人の侍に向かった。助っ人たちはあわてて刀を構えた。

一番右端にいた侍に強引に斬りつける。うっと呻いて、相手は眉間に血を滲ませて倒れた。続けざまに、すぐ横にいた侍の胴を横一文字に斬り、背後から斬り込んできた侍の剣を身を翻して避け、相手が体勢を立て直す前に袈裟懸けにする。

伊平太を見た。伊平太の体がよろけ、そこに雷之進が剣を振りかざした。

「待て」

叫びながら、平八郎は雷之進に斬り込んだ。雷之進はあわてて後退った。

「伊平太、だいじょうぶか」

「はい」

伊平太は荒い息をしていた。

腹部の出血がひどいようだった。

「伊平太。少しじっとしていろ」

伊平太をその場に座らせ、平八郎は雷之進に向かった。

「俺の出番だな」

いきなり太い声がして、大柄な男が現われた。槍を小脇に抱えていた。

相手は槍の柄を両手で頭上にし、くるくるとまわしてから穂先を平八郎に向けた。穂先は両刃の剣だ。

平八郎は正眼に構える。柄が長く、穂先は目の前にあるのに槍の主はだいぶ離れている。間合がとりづらい。

槍の穂先が細かく揺れた。穂先が膨れて大きくなり、相手の姿が隠れるような錯覚がした。いきなり、穂先が生き物のように迫り、平八郎が剣で払うと、その前にすっと引いた。が、蛇の鎌首が襲ってくるように穂先が平八郎に迫った。

平八郎は腰を落とし、槍の下にもぐり込むようにして柄を摑もうとしたが、寸前で槍が横に逃げた。

突いては手元に引き寄せる攻撃を何度も繰り返してきた。だんだん、平八郎の剣が穂先を弾くようになった。

すると、いったん下がった相手は槍の柄を長く持ち直し今度は槍を振り回しながらいっきに迫ってきた。風を切る音がして目の前を穂先が掠める。

再び横から穂先が襲ってくる。後退った。相手がにやりと笑い、改めて槍を振り回してきた。

平八郎は腰を落とし、槍の下に潜り込む体勢になった。そうと察した相手は穂先を低めに薙いできた。

穂先が迫ったとき、平八郎は跳躍した。穂先が足の下を行き過ぎたあとに着地するや、そのまま相手に向かって突進した。

予期しない平八郎の動きに相手はあわてていた。平八郎は裂帛の気合で斬りつける。相手は槍の柄を両手で持ち直し、平八郎の剣を受け止めようとした。

平八郎の剣が振り下ろされた。槍の柄は真っ二つに切れ、相手の顔が縦に裂けた。

相手はそのまま仰向けに倒れた。

改めて、本柳雷之進をみると、雷之進をかばうように立ちふさがっている侍がいた。

「まだ、いたのか」

平八郎は呆れたように言う。

「わしの出番はあるまいと思っていたが」

侍は落ち着いた口調だ。

「そなたが、松沼平八郎か。聞きしに勝る男だ。だが、これまでだ」

侍は剣を抜いた。

「名は？」

平八郎はきいた。さぞかし、名のある剣客に違いないと思った。

「ある藩で剣術指南役をしている轟半平太だ」

侍は名乗った。

「藩に所属したまま助太刀するのか」

「そうだ」

そう言うや否や、轟半平太は抜き打ちに斬ってきた。平八郎は相手の剣を弾く。が、相手は連続技で斬りつけてきた。

平八郎も激しく応戦をした。ふいに攻撃の手が止んだ。しばらく正眼で対峙していると、再び凄まじい勢いで斬りかかってきた。平八郎も応戦した。が、またも攻撃が止んだ。

半平太は刀を下段に構えている。隙だらけだ。わざと隙を作って誘い込もうとしていると察したが、平八郎はあえてその誘いに乗って上段から斬り込んだ。相手は待っていたように腰を落とし、横一文字に足を斬りにきた。

その刹那、平八郎は跳躍し、相手の脳天に剣を振り下ろし、真っ二つに斬り裂いた。

轟半平太は槍の使い手と同じように仰向けに倒れた。

雷之進は青ざめた顔をしていた。

「本柳雷之進」

平八郎は雷之進に顔を向け、

「義父の仇だ」

と、正眼に構えた。

雷之進も正眼で対峙した。平八郎は八双に構え直し、そのまま踏み込んで行った。雷之進も上段から斬り下ろしてきた。平八郎は素早く横に跳びながら切っ先を相手の利き腕に向けた。

うっと呻き、雷之進は剣を落とした。

「伊平太。今だ、仇を」

平八郎は叫ぶ。

伊平太は起き上がり、腕を押さえて立っている雷之進目掛けて突進した。

「父の仇」

振りかぶった刀を思い切って振り下ろした。雷之進の眉間が裂け、血が滲んだ。さらに、心ノ臓に切っ先を突き刺した。

雷之進が倒れた。三上時次郎がかけつけた。

「お見事」

「やった。仇を討った」

そう言い、伊平太がくずおれた。

「伊平太」

平八郎は抱き起こす。

「しっかりするのだ」

「はい」

「敵は？」

平八郎は時次郎にきいた。

「ふたりは逃げました」

平八郎は伊平太の傷を見た。かなり傷は深かった。

そこに同心の武井繁太郎が駆け寄った。

「これを」

晒木綿を差し出した。

「かたじけない」

平八郎は出血を止めるように晒を巻いた。

「武井さま。いろいろありがとうございました」

「小井戸伊平太どの。見事でござった。しっかと見届けました」

「ありがとうございます」

「早く、医者に」

繁太郎は駕籠を手配し、伊平太を赤坂にある蘭方医のところに連れて行った。

そこで手当てを受け、その夜、飯倉四丁目にある屋敷に帰った。

仇の本柳雷之進を討ち取ったという喜びは小井戸道場にはなかった。伊平太の傷は深刻で、高熱を出して、息も荒かった。

義母も多岐も仏壇の義父の位牌に手を合わせ、熱心に伊平太の回復を祈った。

翌朝、平八郎は伊平太が臥している部屋に行った。

付き添っていた多岐が冷たい水に浸した手拭いを絞り、伊平太の額に当てた。

「どうだ？」

「とても苦しそうで」

多岐が深刻そうな声で言う。

「俺が遅れたばかりに」

平八郎は自分を責めた。

「いえ、向こうがおまえさまが帰らぬうちにと決闘の日を早めたのです。帰るまで待てと伊平太に言ったのですが、江戸を離れてしまうからと」

多岐は溜め息まじりに言う。

「国許に帰ると脅して、決闘の日を早めさせたのか。俺は道中で襲われたりして妨害にあった。それがなければ、前日の夜には帰れたのだ」

平八郎は無念だった。

「義兄上」

弱々しい声がした。

「伊平太」

平八郎は顔を近付けた。

「義兄上を脱藩させてしまって申し訳ありません」

「何を言うか。たいしたことではない。じつは落ち着いたら帰参出来るのだ。殿さまから必ず帰参するようにと厳命されている」

「そうですか。よかった」

伊平太は安心したように言い、

「藩にお戻りになるのですね」

と、きいた。

「もちろんだ」

平八郎は言ったが、浜松藩水島家がどう出るか気になった。事前に平八郎のことを調べ、刺客を送ったり、江戸到着を遅らせようとした。錚々(そうそう)たる剣客の助太刀も本柳雷之進につけた。それほどまでに藩主は雷之進を守ろうとした。藩主の水島忠光公にしたら寵愛する家来の命を奪われたのだ。このまま、引き下がるだろうか。

帰参することは御家に迷惑をかけることになるかもしれない。すべて、浜松藩水島家の出方次第だ。

「義兄上が藩に戻るなら」

伊平太は続けた。

「道場は三上時次郎どのに。三上どのは仇討ちに加わって下さった……」

伊平太は苦しげな息で言う。

「それがいい。俺もそう思っていた」

「姉上は？」

伊平太は多岐にきいた。

「ええ、私もそう思っています」

多岐も応じた。

「三上どのは受けてくれましょうか」

「だいじょうぶですよ。私たちみんなが頼めば」

「よかった」

伊平太は安心したように言い、やがて寝息を立てはじめた。

伊平太の呼吸がいくらか穏やかになったので、

「隣の部屋に」

と、平八郎は多岐を誘った。

「はい」

多岐は伊平太の顔を覗き込んでから立ち上がった。

隣の部屋で差し向かいになる。

「もはや、那須山藩飯野家家臣ではない。ただの浪人だ」

平八郎は口にした。

「………」

多岐はとくに取り乱したりはしなかった。

「殿は仇討ちが済んだら帰参するように仰ってくださった。なれど、帰参して、浜松藩水島家に恨まれるかもしれぬ」

「帰参は叶わぬと？」

多岐は心配そうにきく。

「いや。ほとぼりが冷めるまで半年から一年はかかるかもしれない。その間、耐えなければ」

「わかりました。私はだいじょうぶです。でも、おまえさまに申し訳なくて」

多岐は目を伏せた。

「正孝公を支えて生きていくというおまえさまの生き甲斐を私が奪ってしまったも同然」

「なにを言うのか。そなたのせいではない」

「いえ、私と縁を持たねば、このようなことにはならなかったのです」

「私が望んで、そなたを妻に迎えた。これは定めであり、そなたには関係ない」

「でも、那須山藩での松沼家の存続が……」

「待て。まだ、帰参が叶わぬと決まったわけではない。殿は帰ってこいと仰って下さったのだ」

平八郎はなぐさめるように言い、

「ただ、しばらくの間、浪人暮らしになる。だが、幸いなことに道場がある。この道場を手伝いながら糊口をしのいでいきたい」

「わかりました」

多岐が言ったとき、大叔父の太田甚兵衛がやって来た。

「おお、ここにいたか」

甚兵衛が少し興奮していた。

「どうかしましたか」

平八郎は訝ってきいた。

「たいへんだ。ひとが押しかけている」

「ひとが？」

「昨日の顚末が瓦版で紹介された。三人で十人以上の敵を相手に見事仇討ちをなし遂げたとな。それで町の者たちが一目そなたを見ようと……」

「……………」

平八郎は困惑した。

「今、三上時次郎が対処している。平八郎も顔を出したらどうだ?」

「顔を出す?」

「そうだ。これで小井戸道場の評判はいっきに高まった。去っていった門弟たちも戻ってくるはずだ」

甚兵衛は声を弾ませた。

「大叔父どの」

平八郎は改まって、

「道場のことですが」

と、口にした。

「そなたが継いでくれるのがいい。そなたは藩を離れたのではないか」

甚兵衛は言う。

「いえ。藩を離れたのは一時的なことです」

平八郎は居住まいをただし、

「この道場は三上時次郎どのに継がすのがもっともよいと思います」

と、はっきり言った。

「三上どのも義父上の仇討ちに功がありました。あとを継ぐにふさわしいと思います。それに、今さっき、伊平太が道場を三上どのに継いでもらいたいと」

平八郎は訴えるように言う。

「そうか、伊平太がな。そなたはどうするのだ？」

甚兵衛がきく。

「帰参するまでの間、三上どのの手助けを」

平八郎は言ったが、帰参出来るかどうかわからなかった。

「そうだな」

甚兵衛が頷き、

「三上時次郎に任せるのが一番いいかもな。伊十郎も三上を買っていたしな」

と、自分自身に言いきかせるように言った。

「多岐もそれでいいか」

平八郎はきいた。

「それがよろしいかと」

多岐も賛成した。

「義母上は？」

「母上も同じ気持ちだと思います」

「よし、決まりだ」

甚兵衛は満足そうに言った。

「三上どのには大叔父さまから」

多岐が言うと、甚兵衛は頷いたものの、

「せっかくだ。この場に三上を呼んで告げよう」

と、立ち上がった。

甚兵衛が出て行ったあと、まず義母がやってきた。甚兵衛が呼んだのだ。伊平太の様子を窺い、義母は改めて多岐の向かいに座った。

甚兵衛が時次郎を連れてきた。

「そこに」

甚兵衛は時次郎を座らせた。

みんなが揃っているので、時次郎は浅黒い顔に緊張の色を浮かべた。

「三上どの。そなたに頼みがある。ぜひ、引き受けてもらいたい」

甚兵衛が口を開く。

「はい、なんなりと仰せください」

時次郎は答える。

「そうか。では、言おう。小井戸道場をそなたに継いでもらいたい」

「お待ちください」

時次郎はあわてて、

「道場は松沼どのがお継ぎになるのが筋ではないかと」

と、訴えた。

「道場を継ぐのがいやか」

「とんでもない。そういうことではなく、松沼さまがお継ぎになったほうがすべてうまくいくのではないでしょうか」

甚兵衛が意地悪くきく。

「私はいずれ帰参する身です。道場を三上どのに継いでもらいたいというのが皆の一致した意見です。もちろん、伊平太も」

平八郎は時次郎の心配を払拭するように言う。

「三上さま。どうかお引き受けください」

多岐が時次郎に頭を下げた。

「私でよろしいのでしょうか」

時次郎は義母にも意見を求めた。

「あなたしかいません」

義母ははっきり言った。

「三上どの」

平八郎は時次郎に顔を向け、

「私が帰参が叶うまで、道場で使ってください」

と、頼んだ。

「ぜひお願いいたします」

時次郎は恐縮したように言う。

「仇討ちの成功により、道場の評判も上がり、入門者も増えるはず。これで、伊平太が回復してくれたら万々歳だ」

甚兵衛は喜んだ。

平八郎は伊平太の回復を改めて祈った。

翌日、平八郎は編笠をかぶって道場を出た。仇討ちで名を知られてしまったので、出かけるときは編笠で顔を隠し、裏口から出るようにしていた。

麻布にある小井戸家の菩提寺にやって来て、小井戸家の墓の前に立った。編笠をとり、線香を上げ、花を供える。

手を合わせ、仇討ちが成功したことを報告し、伊平太を守ってくれるよう、義父に頼んだ。

再び編笠をかぶり、平八郎は墓地をあとにし、本堂の脇から境内に出て山門に向かった。すると、本堂のほうから歩いてきた武士といっしょになった。

「どなたかのお参りですか。最前、お墓のほうに向かうのを見かけました」

武士が声をかけてきた。三十歳ぐらいの整った顔だちだ。

「ええ。あなたは？」

平八郎は逆にきいた。

「非番なので、散策のついでに寄ってみたのです」

武士は答え、わざと並んでついてくる。

「拙者は播州美穂藩の高見尚吾と申します。失礼ですが、あなたさまは？」

勝手に相手は名乗る。

「私は名乗るほどの者ではありません」

山門を出て、平八郎は高見尚吾に顔を向け、

「先を急ぎますので」

と断り、さっさと歩きだした。

途中で振り返ったが、高見尚吾は追ってこなかった。

金杉川沿いを歩きながら、ふとなぜさっきの武士は名乗ったのかと思った。高見尚吾と言っていた。

高見尚吾。どこかで聞いたことがあると思った。

そうだ。道場に訪ねてきた武士の中にいたようだ。菩提寺までつけてきたのか。しかし、つけられてはいなかった。

そうか、と平八郎は思った。道場の外で待っていて裏口から出たことに気づいた。菩提寺に行くのだと見当をつけたのだ。

そうだとしたら、平八郎だと知っているのになぜ強引に近づいてこようとしなかったのか。

不思議に思いながら、平八郎は道場に戻った。

三

那須山藩飯野家の本丸御殿の対面の間で、国家老大槻佐平は藩主正孝公に目通りした。

正孝公は奥の上段の間に、大槻佐平は手前の下段の間にいる。

「江戸上屋敷からの文が届き、松沼平八郎が見事仇を討ったとのことでございます」

佐平が報告した。

「そうか。平八郎、でかした」

正孝公は大いに喜んだ。

「仇を討つほうは平八郎を含め三人、対する仇側は助太刀を入れて十四人で、平八郎ひとりで八人を倒したそうにございます」

「さすがである」

正孝公は満足そうに頷く。

「その助太刀の中にはある大名家の剣術指南役や槍術(そうじゅつ)の名人と言われた者もおり、それ以外の者も剣の達人ばかりだったとのこと。それを悉く(ことごと)斃(たお)したのですから、江戸中の評判となっているそうです」

佐平は報告する。

「平八郎の口から武勇伝を聞きたいものだ。早く、帰参できるように……」

「殿」

佐平が口をはさむ。

「仇の助太刀は本人の親類もおりますが、半分以上は浜松藩水島家がつけたようです。仇の本柳雷之進は藩主忠光の寵童だった者だそうです。ですから、絶対に死なせないという強い思いから強者を助太刀に選んだのでしょう」

「まさか、水島家は平八郎に逆恨みを？」

「じつは、当家留守居役の馬淵伊右衛門が寄合で水島家の留守居役からきかれたそうです。松沼平八郎を帰参させるつもりかと」

「ただ、きいただけではないのか」

「馬淵伊右衛門の印象では、水島家は平八郎にかなりの敵意を抱いているそうです」

「仇討ちは一回限りのこと。さらなる仇討ちはならぬのだ」

「ですが、密かに平八郎に刺客を送るかもしれませぬ」

「卑怯な」

正孝公は憤慨し、

「早く、平八郎を帰参させよ。領国内にいれば、刺客が入り込んでも防げよう」

と、復帰を早めようとした。

「そのことですが」

佐平は頭を軽く下げてから、

「松沼平八郎の帰参は我が藩にとって災いを呼ぶことになりかねません」

と、思い切って口にした。

「災いと？」

「はい。ご承知のように、浜松藩水島家は老中の水島出羽守さまと親戚関係にあるとのこと。平八郎も我が藩にとばっちりがあるといけないということで脱藩をしたのです」

「そこまで愚かとは思えぬ」

「いえ、寵臣を失ったのです。まっとうな考えが出来なくなっているかもしれません。たとえば、幕府において大きな普請があった場合、まっさきに我が藩が指名されたりすることもあり得ると……」

「そんなことに怯(ひる)んで大事な家臣を捨てておくわけにはいかぬ」

正孝公は厳しい顔で言う。

「殿。馬淵伊右衛門によりますと、水島家の留守居役から、那須山藩の領内で国境をめぐって隣国ともめているそうだがときかれたそうにございます」

「国境だと」

「おそらく茶臼山のことを言っているのでしょう」

領内の最北端にある茶臼山の麓で隣国と国境でもめているのだ。

「古地図を見ても我が藩の領地であることがはっきりしています。老中に訴えれば、我が藩が勝つことははっきりしていますが、もし水島家が横やりを入れて……」

「ばかな。考えすぎだ」

正孝公は吐き捨てる。

「そうでしょうか」

佐平は膝を進め、

「向こうの留守居役がどうして茶臼山のことを知っていましょう。知っていたとしても、わざわざ口にするのは妙です」

と、訴えた。

「脅しだと言うのか」

「じつは、平八郎は決闘の場に遅れて馳せ参じたようです。なんでも、道中で襲われたり、何かと邪魔が入り、江戸到着が遅れたと」

「平八郎が道中で襲われたのか」

「はい。おそらく、水島家の刺客が我が領内に入り込んで平八郎を見張っていたのではないかと思われます」

佐平は続ける。

「町奉行が確かめたところ、城下の旅籠に不審な商人ふうの男が泊まっていたそうです。平八郎が江戸に発ったと同じ時期に旅籠を出たといいます」

「隠密か」

「そうだと思います。平八郎のことをかなり調べていたようです」

「うむ」

正孝公は浮かない顔で唸った。

「水島忠光公は常軌を逸しています。好きな女子を奪われたと同じ気持ちなのでしょう」

「平八郎は狙われるのか」

「おそらく。ですが、むざむざとやられることはないと思います。ただ、執拗に狙われるのはきついでしょう」

「……………」

正孝公は押し黙った。

「殿。どうか、平八郎のことはお諦めを」

「平八郎はわしにとって親友であり兄弟同然だった。得難い家臣だ。その者の危機を見過ごせと言うのか」

正孝公はやりきれないように言う。

「ご心中お察しいたします。なれど、那須山藩十万石のため」

「わしは平八郎にいつまでも待っていると約束したのだ。それなのに……」

正孝公の目尻が光った。

「平八郎は殿のお気持ちはわかっています。それに、平八郎も殿に迷惑をかけるなら帰参したいとは思わないでしょう」

「帰参は叶わぬことを平八郎にわしから告げたい。誰か名代を」

正孝公はうろたえたように言う。

「組頭の田所伝兵衛に頼むのがよろしいでしょう。田所伝兵衛に江戸に行ってもらいましょう」

「よし。伝兵衛を呼べ」

正孝公はそばにいた近習番に命じた。

「はっ」

近習番が立ち上がった。

しばらくして、田所伝兵衛がやってきた。

下座で平伏する。

「伝兵衛。こちらへ」

佐平が伝兵衛を自分の横にくるように告げた。

伝兵衛が膝を進め、改めて平身低頭した。

「田所伝兵衛、そなたに江戸に行ってもらいたい」

正孝公がいきなり命じた。

「はっ」

伝兵衛は頭を下げた。

「殿の名代で、松沼平八郎に会ってきてもらいたい」

佐平が事情を説明した。

伝兵衛は神妙な顔で聞いていた。

播州美穂藩江間家十万石の上屋敷は木挽町にある。

藩主の江間伊勢守宗近は三十三歳で、自分でも武術をよくする。

近習番の高見尚吾は宗近と向かい合った。尚吾は三十歳で、宗近の信任が厚い。

「松沼平八郎と会ってきたか」

宗近が確かめた。

「正式には会えませんでした」

高見尚吾は頭を下げた。

「何、会えなかった？」

宗近は怪訝そうな顔をした。

尚吾は宗近の命により、溜池の馬場近くで行われた仇討ちの一部始終を見てきた。

そして、尚吾は興奮して決闘の模様を話した。三人対十四人の決闘で、三人のほうが勝ち、中でも松沼平八郎という男がひとりで八人を倒したところに興味を示した。ことに、宗近が感嘆したのは槍術槍陰流の田村庄兵衛、剣術指南役でもあった轟半平太という剣豪を斃したことだった。

それで、松沼平八郎について調べることになり、尚吾は松沼平八郎に会いに行ったりもした。

「田村庄兵衛と轟半平太を破ったことで、松沼平八郎の評価がいっきに高まり、いろいろの藩の者が松沼平八郎詣でをしているようです。ですが、松沼平八郎は誰とも会おうとしません。私も飯倉四丁目にある道場を訪ねましたが、丁重に断られました」

麻布にある菩提寺で少しだけ言葉を交わしたことは言うほどのことではないと思って黙っていた。

「なぜだ？」

宗近は、なぜ会えなかったのかときいた。

「松沼平八郎は脱藩して仇討ちに加わったのですが、事がなった暁には帰参する手筈になっていたのだと思われます。そういう立場を考え、どなたの訪問も受け付けないようにしているのではないかと」

「そうか。やはり、帰参するのか」

宗近は残念そうに言う。

「ただ、留守居役の馬淵どのが言うには、那須山藩飯野家では松沼平八郎の帰参を認めないようだと」

「どういうことだ？」

「じつは、浜松藩水島家の忠光公は寵臣の本柳雷之進を討たれたことに複雑な思いを抱いているようです。このまま、松沼平八郎を帰参させると浜松藩水島家の恨みを買うかもしれないと……」

「何を恐れるのだ」

宗近は眉根を寄せたが、

「しかし、それが事実としたら、松沼平八郎は浪々のままだな。我が藩に招くことが出来るかもしれぬな」

と、呟いた。

「殿は、それほど松沼平八郎にご執心で？」

「あれだけのものを放っておくことはない。那須山藩に帰参しないのであれば、我が藩に仕官させたい。それなりの待遇でな」

「それなりの待遇と仰いますと？」

「剣術指南役がふさわしいが」

「なれど、当家には的場格之助（まとばかくのすけ）どのがいらっしゃいますが」

尚吾は口を入れた。

的場家は代々剣術指南役である。

「役職はおいおい考えよう。ともかく、松沼平八郎を当藩に迎えるように」

宗近は尚吾に改めて命じた。


翌日の昼前、尚吾は飯倉四丁目にある小井戸伊十郎剣術道場に赴いた。

道場の武者窓の前にはひとだかりがしていた。稽古風景を見物しているのだ。

尚吾は背後から覗いた。大勢の門弟が木刀を振っている。大柄の侍が指導をしている。三上時次郎だ。

「松沼平八郎どのは道場に現われるか」

見物している職人ふうの男に声をかけた。

「いいえ、松沼さまは顔を出しませんね」

「そうか」

尚吾はその場を離れ、門のほうにまわった。

門を入り、玄関先に立つ。

「お頼み申し上げます」

尚吾は訪問を告げた。

すぐに内弟子らしい稽古着の若い男が出てきた。

「拙者、播州美穂藩江間家の家臣で高見尚吾と申します。松沼平八郎どのにお目にかかりたく参上いたした。お取り次ぎを」

尚吾は口にする。

「松沼平八郎さまはどなたにもお目にかかりません。申し訳ありませんが、どうぞお引き取りを」

断られることはわかっていた。

「以前もお訪ねしたが、松沼どのに高見尚吾がまた参ったとだけお伝えを」

そう言い残し、尚吾は玄関を出た。

門に向かうと、薬籠(やくろう)持ちを連れて医者がやってきた。あわただしく玄関に入って行った。仇討ちの当事者である小井戸伊平太が負傷し、養生をしていると聞いている。屋敷の中がやけに静かだったことを思いだし、尚吾はふいに胸が騒いだ。

四

仇討ちから半月経った。

いったんよくなったかに思えた伊平太の容態が三日前から急変した。高熱に浮かされている。

医者が持って数日だと言った。

今、枕元に平八郎をはじめ、多岐、義母、甚兵衛らが集まっていた。

「義兄上、お蔭で父の仇を討てて伊平太は思い残すことはありません」

「伊平太」

平八郎は伊平太の手を握った。

「姉上。母上をお願いします。父に続いて私まで」

「伊平太、心配しないで」

多岐は涙声で言う。

「母上、先立つ不孝をお許しください」

「伊平太、行かないでおくれ」

義母が伊平太にしがみついた。

「父上がいますから私は怖くありません。母上はゆっくりおいでください」

平八郎はまたも自分を責めた。

あと半刻（一時間）早く着いていたら伊平太をこのような目に遭わせずに済んだのだ。

伊平太、すまないと内心で叫んだ。

「大叔父上、道場を頼みます」

「心配いたすな。門弟のなり手も増えている」

「三上時次郎どのに……」

「時次郎は今、稽古をつけている」

「道場をよろしくと……」

伊平太はひとりひとりに声をかけていったが、ふいに呼吸が荒くなり、やがて静かになっていった。

「伊平太」

義母が悲鳴を上げた。

医者が脈を見、瞳孔を調べ、静かに頭を下げた。

平八郎は立ち上がり、廊下に出た。庭で、萩の花が咲き誇っていた。

通夜、葬儀とあわただしく過ぎた。

「伊平太がいなくなってしまったな」

平八郎は溜め息をつき、

「私に助太刀を乞いに、わざわざ国許までやってきた。一夜泊まっただけですぐ引き返した。あんなに元気だったのに」

と、胸をかきむしりたくなった。

「伊平太は短い生涯でしたが、精一杯生きました」

多岐はしんみり言い、

「もし帰参が叶ったら、母を国許に連れていくわけにはまいりませんか」

と、きいた。

「異存はない。義母上どのがいやでなければいっしょに暮らそう」

「ありがとうございます」

多岐は安堵したように頭を下げた。

伊十郎と伊平太を失い、すっかり寂しくなった小井戸道場だが、門弟は増え、道場は活気に満ちてきた。

女中がやってきた。

「那須山藩飯野家の田所伝兵衛さまと仰るお方がお見えです。どなたともお会いにならないと申し上げたのですが」

「田所さま?」

「はい」

田所伝兵衛は平八郎の上役だった男だ。まさか、江戸に出てきているとは……。

平八郎は玄関に飛んで行った。

土間に、田所伝兵衛が立っていた。

「田所さま」

平八郎は声をかけて近づいた。

「おう、平八郎。久しぶりだ」

伝兵衛は口元に笑みを湛えて言う。

「どうぞ、お上がりください」

「うむ。失礼する」

供の者を玄関に待たせ、伝兵衛は腰から刀を抜いて上がった。

客間にて、平八郎は伝兵衛に向かい合った。

「いつ江戸に？」

平八郎はきいた。

「昨日、上屋敷に着いた。なにやら不幸があった様子」

伝兵衛は眉根を寄せてきいた。

「はい。義弟が仇討ちで受けた傷がもとで……」

「そうか」

伝兵衛は顔をしかめ、

「さぞ、多岐どのも力落としのことだろう」

と、やりきれないように言う。

「はい。ただ、仇を討ち果たし、本人は思い残すことなく旅立ったと信じています」

「そうか」

平八郎はわざわざ田所伝兵衛が江戸にやってきた意味を考えた。

帰参を促すには少し早すぎる。逆だと思った。正孝公は浜松藩水島家に配慮をし、
平八郎の帰参を諦めたのではないか。

そのことを告げるために、伝兵衛を遣わせたのだ。

ふつうなら無視しておけばいいものを、わざわざ伝えにこさせたのだと、平八郎は
悟った。

「じつは殿の命によりやってきた」

伝兵衛は切り出した。

「殿には、ことがなり次第、帰参……」

「田所さま」

平八郎はあえて口をはさんだ。

「その前に私の話をお聞きください」

「…………」

伝兵衛は困惑した顔になった。

「私は殿には必ず帰参すると申し上げました。しかし、そのときにはまさか伊平太が一命を落とすとは考えていませんでした」

平八郎は続けた。

「義母にとっても夫と息子を立て続けに亡くし、悲しみも深く、この上、多岐を連れて帰参するわけにはいきません。幸い、道場は師範代の三上時次郎どのが継いでくれることになりましたが、道場が順調に行くまでは私も手伝いをしていかねばならないと思っております」

「平八郎」

伝兵衛が何かを察したように呟く。

「田所さま。殿に私の事情をお汲みくださり、どうか帰参の話はなかったことにとお伝え願えませんか」

平八郎は訴えた。

「そなたは何もかも承知で自ら身を退こうと……」

伝兵衛は胸を締めつけられたように、

「じつは、当家留守居役の馬淵伊右衛門が寄合で水島家の留守居役から、松沼平八郎を帰参させるつもりかと訊ねられたそうだ。向こうはかなり気にしているようだ。そこで殿は苦渋の決断をせざるを……」

「田所さま」

平八郎は口をはさんだ。

「帰参のご辞退は私の我が儘からです。殿のお気持ちに関わりなく、私自身が決めたこと。どうか、殿にそのことを強くお伝えを」

「そなたの殿を思う心、しっかとお伝えする」

伝兵衛は言い、

「殿は非常に嘆いておられた。そなたの言葉で少しは救われよう」

と、呟いた。

「生涯に渡り、殿のお側にてお仕えしたかったのですが、それが出来ず無念ではあります。どうか、私に代わって殿にお詫びを」

平八郎は頭を下げた。

「平八郎、そなたの思いは殿も承知だ」

　伝兵衛は感に堪えないように、

「兄弟であり、親友でもある平八郎との別れはとても辛いと、殿は仰っていた。そなたに対する殿の思いは少しも変ってはおらぬ。どうか、そなたも殿への気持ちを変わらず持ち続けてもらいたい」

「たとえ縁は切れても、私の主君は殿しかおりません」

「その言葉、殿も喜ばれよう」

　伝兵衛は言い、

「殿はこう仰った。もし、そなたを召し抱えたいという藩があれば、わしに遠慮せずに仕官をしてもらいたいと。これはそなたの身を思ってのこと」

「殿……」

　思わず胸の底から突き上げてくるものがあり、平八郎は嗚咽をもらしそうになった。

「平八郎、会えてよかった。私は明日帰る」

　伝兵衛は立ち上がった。

「お待ちください」

　平八郎は呼び止め、

「殿よりお預かりの品がございます。田所さまよりお返しを願えませんか」

と、頼んだ。

「脇差だな」

「はい」

「殿はそなたに与えたと仰っていた。殿だと思って大事にすることだ」

「もったいない。いつの日か、ご恩に報いる日がくれば……」

平八郎はあとの言葉を呑んだ。もはや、正孝公にお会いする機会はこないことは明らかだ。

「では」

改めて、伝兵衛は言う。

「茶も差し上げずにお帰ししたら多岐にしかられます」

「いや、これ以上顔を突き合わせていたら別れが辛くなる。多岐どのによろしくな」

伝兵衛の目尻も濡れていた。

伝兵衛を見送って玄関から居間に戻ると、多岐が待っていた。

「田所さまはお帰りに？」

「うむ。帰った」

平八郎は多岐になんと言うか迷っていた。

「最前、お茶をお持ちしようとして部屋の前まで行ったのですが、なにやら深刻そうなご様子でしたので」

聡明な多岐はわかっているようだった。

「多岐、許してもらいたい。帰参の話は私からお断りした。私が帰参して、殿に迷惑がかかるといけないのでな」

「申し訳ありません」

多岐がいきなり頭を下げた。

「私と所帯を持ったばかりにこのような目に……」

「何を言うのか。そんなことは関係ないと前にも言ったはずだ」

「はい」

「しばらくは苦労をかけるが」

「私はなんとも思っていません。母のそばにいてやれるのでかえってよかったと思っています」

「それから道場のことだが」

平八郎は言いよどんだ。

「何か」

「三上どのが立派にやられている。いまさら、私が出て行くこともあるまいと思ってな。いや、出て行くとかえって混乱するかもしれない」

仇討ちで、三上時次郎の名も上がったが、平八郎のほうが評判になった。だが、ここで平八郎がしゃしゃり出ては時次郎の影を薄くしてしまわないか気になった。

「そうかもしれません」

多岐は平八郎の心配がわかったようで、

「それに、時次郎さんもおまえさまには遠慮するでしょうし」

と、言った。

「そうよな」

つと、平八郎は立ち上がった。

「ちょっと出かけてくる」

「どちらに？」

「伊平太の意見を聞いてみたい」

「………」

多岐は怪訝な顔をした。

「伊平太の墓の前で考え事をすると、いい答えが浮かぶのだ」

平八郎は微笑んで部屋を出て行った。

裏門を出たとき、やはりどこかから視線を感じた。そのほうに顔を向けると、さっと物陰に隠れたひと影を見た。例の高見尚吾かどうか、わからない。

平八郎は西に向かい、金杉川に出た。つけてくる気配はなかったが、行き先は墓であろうことは予想されているはずだ。どうせ、あとからやってくるはずだと、平八郎は冷めた目で見通した。

麻布にある菩提寺の山門をくぐり、本堂の脇を抜けて墓地に入った。きょうは朝から空はどんよりしていた。

平八郎は小井戸家の墓の前に立った。

「伊平太。また、会いにきた」

平八郎は墓に向かって語りかける。

「やはり、帰参はならなかった。いや、俺のほうから辞退したのだ。理不尽だが、浜松藩水島家の殿さまは俺を許さないようだ。御家に迷惑はかけられぬのだ。伊平太、そなたに嘘をついたようで辛い。許してくれ」

平八郎は手を合わせて耳を澄ます。伊平太の声が聞こえてくるような気がした。だが、何と言っているのかわからない。

気がつくと、風が木々を揺らす音が耳に入ってくるだけだ。

「伊平太、もうひとつ」

平八郎は続ける。

「道場は門弟も増え、三上時次郎どのが頑張っている。このまま三上どのに全面的に任すべきだと思う。そなたの考えを聞かせてくれ」

聞こえるのは風と木々の揺れる音だけだ。

だが、はっきり伊平太の声が聞こえた。

「義兄上。もう十分です。あとはご自分の思い通りに生きてください」

いや、聞こえたのではない。伊平太なら、こう言うだろうと想像した言葉が伊平太の声として心に届いたのだ。

ぽつんと顔に冷たいものが当たった。空を黒い雲がおおっていた。

平八郎は墓地を出て、本堂をまわり、山門に急いだ。

山門の内側で、頬かぶりをして職人らしい半纏(はんてん)姿の男が煙管をくわえていた。今にもさっと降り出しかねない空の下でのんびり煙草をくゆらせているのは妙だと思いながら、平八郎は山門をくぐった。

殺気がした。半纏姿の男が刀を腰にあてがい、突進してきた。平八郎は身を翻し、切っ先を避けた。男は行きすぎてから立ち止まり、振り返った。

「何者だ？」

平八郎は問い質す。

相手は剣を正眼に構えた。

「職人の格好をしているが、侍だな」

平八郎が刀の柄に手をかけると、男は体の向きを変えて逃げだした。

「待て」

平八郎が追う。

男の行く手に立ちふさがった武士がいた。高見尚吾だ。男は足を止め、後退った。が、背後の平八郎を気にして横に逃げようとした。だが、高見尚吾が刀を抜いて、逃げる男の肩を刀の峰で打った。

男は絶叫して倒れた。

高見尚吾は男の襟を摑んで起こし、

「誰に頼まれてやったのだ?」

と、きいた。

平八郎は近寄った。手拭いを引っぱがす。目付きは鋭く、危険な感じがするいかつい顔だ。

「おい、誰に頼まれた?」

尚吾がきく。

「誰にも頼まれてはない」

「言わぬなら、二度と刀をつかえないように利き腕を」

尚吾は男の右腕に切っ先を当てた。

「待て」

男は悲鳴を上げた。

「誰だ、言え」

「懸賞金だ」

「懸賞金?」

平八郎は思わずきいた。

「そうだ。松沼平八郎の命に五十両だ」

男は口にした。

「誰だ、懸賞金をかけたのは？」

尚吾が問い詰める。

「わからねえが、俺は円蔵って男からきいた」

「おまえの名は？」

「金助だ」

「よし金助、詳しく話してみろ」

尚吾は問い質す。

「賭場の用心棒をしていたら、円蔵という男に声をかけられた。仇討ちで有名になった松沼平八郎を殺れば五十両になる。やってみないかって」

金助は顔をしかめ、

「俺らが敵う相手ではないと言うと、油断をつけばいいと」

「おまえだけか、誘われたのは？」

「違う。あちこちに声をかけている、早い者勝ちだから……」

「円蔵とはどこで会える？」

「松沼平八郎を殺ったあと、その証に髷を切って、夜の五つ（午後八時）に鉄砲洲稲荷に持っていけば円蔵が待っていると」

「毎夜五つに円蔵は待っているのか」

「そう言っていた」

金助は観念したように言う。

「この男、どうします？　自身番に突きだしますか」

尚吾がきいた。

「逃がしてやりましょう」

「わかりました。よし、行け」

尚吾は金助を解放した。

「あなたはなぜ、ここに？　いつぞやもここで会ったが、私を追ってきたのか」

平八郎は尚吾にきいた。

「あなたにお会いしに道場に行ってもなかなか会っていただけないので、こうするしか」

尚吾は答え、

「それと」

と、表情を厳しくした。

「小井戸道場の周辺に妙な連中がうろついている。金助もそのひとりだった。私は金助のあとをつけてきたのです」

「そうですか」

金助の口を割らせた尚吾を無下にすることも出来ず、平八郎は道場に誘った。

さっきぽつんと雨粒が落ちたが、降り出さなかった。

五

道場に帰ってきて、平八郎は客間で高見尚吾と差し向かいになった。

「改めてご挨拶いたします。播州美穂藩江間家家臣で近習番の高見尚吾です。何度も参上したのは藩主伊勢守宗近の命によるもの」

尚吾は切り出した。

「私は仇討ちを最初から見ておりました。その様子を殿にご報告申し上げたところ、殿はいたく感服され、ぜひ松沼どのを召し抱えたいと。そこで、失礼ながら、松沼どののことをいろいろ調べさせていただきました。その上で、何度かこちらにお伺いしたのですが、どなたにもお会いにならぬというので、麻布の菩提寺にてあのような形でお目にかかった次第」

尚吾はさらに続ける。

「松沼どののようなお方を召し抱えたいという大名家はたくさんおられたようで、こちらの玄関で何人もの他家の方とは鉢合わせいたした。松沼どのが面会をお断りしている理由はわかっております」

「………」

「那須山藩飯野家に帰参する予定があったから、他の藩の方々との面会をお断りなさっていたのでしょう。でも、那須山藩のほうでは浜松藩水島家のことを慮(おもんぱか)ってあなたの帰参を認めなかった」

「いえ、私のほうからお断りをしたのです。御家に迷惑がかかるといけないので」

平八郎は強く主張した。

「いずれにしろ、那須山藩への帰参はなくなった。こうなると、さぞかし諸藩の松沼どのの争奪が激しくなると思いきや、見事に顔を出さなくなりました。なぜでしょう」

尚吾は厳しい表情で、

「那須山藩といっしょです。浜松藩水島家の反感を買うことを恐れているのです。やはり、老中水島出羽守さまと親戚関係にあることが影響しているのに違いありません」

「…………」

尚吾は事情をよく呑み込んでいると、平八郎は深く溜め息をついた。

「しかしながら、我が藩にとってはもっけの幸い。私が鉢合わせした大名の中には藤堂家のような大大名がおりましたが、競争相手は自ら消えていってくれました。松沼どの」

尚吾は身を乗り出し、

「一度、殿にお会いくださらぬか。今殿は出府中で、木挽町にある上屋敷におられる。伏してお願い仕る」

と、頭を下げた。

「ありがたいお言葉ながら、私は藩にとっては災いを招く疫病神になりましょう。そのことを恐れて他藩はよりつかなくなったのです。お考え直されたほうがよろしいかと」

平八郎は自嘲ぎみに言う。

「我が殿は、そんなことを気にするお方ではありません。かえって、そのような気概のなさを嫌います。英雄を招くのに誰に気兼ねがいようという剛直なお方です」

「私の主は飯野正孝公おひとりと思っております。どうか、私のことは……」

「松沼どの」

尚吾は真顔になった。

「最前の山門で襲ってきた男の言葉を思いだされたい。あの男はあなたに懸賞金がかかっていると言った。これからも常に狙われるのではありませんか」

「…………」

「おそらく懸賞金をかけたのは、槍陰流の田村庄兵衛、もしくは剣術指南役の轟半平太に関わる者に違いありません」

尚吾は言い切り、

「仇討ちは認められていません。だから、暗殺という手段で師の仇を討とうとしているのだと思います。田村庄兵衛も轟半平太も名の知れた剣豪です。それが、あのような形で果てたのですから、身内や門弟たちは誇りを傷つけられた思いでいるのでは?」

「そうでしょうね」

平八郎は素直に応じる。

「これからずっと、ふたりに連なる者は松沼どのを付け狙いましょう」

「ええ」

　平八郎は憂鬱になった。

「それればかりではありません。松沼どのを斃せば自分の名が上がるというので、ばかな剣客が決闘を申し入れてくることも考えられます」

　尚吾はここぞとばかりに、

「江戸を離れ、播州にきなされ。殺伐とした場所から解放されて生きていかれたらいかがですか」

「………」

「どうか、お考えください」

　尚吾は言ってから、

「そうそう、今夜、鉄砲洲稲荷には私が行ってみます。円蔵という男に会い、誰が懸賞金をかけたのかききだしてみます」

「いや」

　平八郎は首を横に振る。

「あなたが行っても誰も現われないと思います」

「現われない？」

尚吾は不審そうな顔をした。

「ええ、懸賞金の話は信じられません。あなたは、最前、懸賞金をかけたのは、槍陰流の田村庄兵衛、もしくは剣術指南役の轟半平太に関わる者ではないかと言ってましたが、その者たちなら自分の手で私を斃そうとするのではないでしょうか」

平八郎は疑問を呈する。

「しかし、なりふり構わずということも考えられるが……」

そう言ったあとで、尚吾はあっと声を上げた。

「確かに、松沼どのを襲うにひとりでというのが解せぬ。いくら職人に化けて隙を狙ったとしても通用する相手かわからぬはずはない。では、あの男は松沼どのを鉄砲洲稲荷に行かせるために……」

「おそらくそうでしょう。そこに何者かが待ち伏せているはずです」

「懸賞金の話は偽りでしたか」

尚吾は唸って、

「では、いったい誰が？」

と、呟く。

「行けばわかります」

「松沼どのは行くのですか。罠だとわかっていながら？」

尚吾は顔をしかめる。

「私の顔を確認しない限り、相手は出てこないでしょうから」

平八郎は言い、

「本気で私に仕返しをしようとしているのか知りたいのです。それに、浜松藩水島家が絡んでいるのか、それとも田村庄兵衛か轟半平太のいずれかなのか」

と、厳しい顔になった。

「わかりました。私もお供します」

「いえ、いけません」

平八郎は制した。

「もし、浜松藩水島家が絡んでいるとなると、播州美穂藩のあなたが関わらないほうがよいでしょう」

「しかし、敵はどんな汚い手を使ってくるかもしれません」

尚吾は考え込んでいたが、

「わかりました。そのようにいたします」

と、あっさり折れた。

「その代わり、我が殿に会ってくださいますか」

尚吾はきいた。

「無事だったら……」

平八郎は悲壮な覚悟で言う。

「今夜のことは気になりますが、我が藩のことを考えて自重します」

そう言い、尚吾は引き上げて行った。

夕方、茶漬けを腹にいれ、それから自分の部屋に戻った。

部屋の真ん中の行灯(あんどん)のそばに座り、刀を取り出す。

唇に懐紙をはさみ、刀を鞘から抜く。そして、目釘を外し、柄から刀身を抜き、茎(なかご)を握って拭い紙で刃を拭き、打粉を打つ。

刀身にまんべんなく粉をつけ、拭い紙で打粉を払う。

さらに油を引き、刀身を立てて鍔をつけ、最後に茎を柄に納めて目釘を差し入れる。

握りを確かめ、鞘に納めた。

それから、仏間に行き、義父と伊平太の位牌に手を合わせる。

仏壇の前から離れると、ふと目の前に多岐が立っていた。

「どうした？」

平八郎はきいた。

「これからお出かけですか」

多岐は不安そうな目を向けた。

「昼間お出でになった高見どのとお会いする」

「何度も訪ねてくださったお方ですね。確か、播州美穂藩でしたわね」

多岐がきく。

「そうだ」

「ひょっとして仕官の話ですか」

多岐が目を輝かせた。

「まだ、そこまでの話になるかわからないが」

多岐に心配かけまいと、平八郎は話を合わせた。

「遅くなるかもしれない」

多岐に見送られて平八郎は編笠をかぶって道場を出た。

飯倉四丁目から愛宕下を通り、土橋を渡る。三十間堀（さんじっけんぼり）沿いを京橋川まで行き、今度はその川沿いを大川のほうに向かった。

秋の気配が濃くなり、夜道を行き交うひとの姿もまばらだった。

やがて、こんもりとした杜が暗闇に浮かんできた。平八郎は鉄砲洲稲荷に近づく。昼間は茶店などが出て賑やかだろうが、今は常夜灯の明かりが光っているだけだ。

平八郎が鳥居に近づいたとき、浪人ふうの長身の侍が鳥居の陰から現われた。

「松沼平八郎だな」

長身の侍が口を開いた。顎の長い男だ。

「やはり、俺を誘き出すためだったな」

「こんなにあっさり来てくれるとは思わなかった」

長身の侍が含み笑いをする。

「いろいろききたいことがあったのだ」

平八郎は言う。

「そうだろうな」

「懸賞金のことは嘘か」

「いや、嘘ではない」

「誰かが俺の首に懸賞金をかけたのか」

「そうだ」

「誰だ？」

「どこかの御用達商人だろう」

「浜松藩水島家の御用達か……。そなたも賞金稼ぎか」

「いや、俺は違う。そなたを斃して名を挙げ、どこぞからの仕官の誘いを待つ」

「暗がりに潜んでいる連中もそうか」

鳥居の中にひとが隠れているのに気づいている。息を殺しているが、殺気だっているのがわかる。

「いや、奴らは金が目当てだ。ここは夜参りの者がやってくるかもしれない」

そう言い、長身の侍は稲荷社の裏に向かった。平八郎はついていく。

木立の中の広い場所に出た。

「拙者、元は西国の大名に仕えていたが、ちょっとしたことで藩を追われた。浪々の身になり、十年近くなる。用心棒や道場破りなどをして糊口をしのいできたが、浪人暮らしにいい加減飽いていたところだ。そなたを斃し、仕官する」

「大勢で俺を斃しても評価されまい」

「むろん、一対一の勝負だ。ただ、賞金は奴らに渡す」

自信に満ちた態度だった。

「名は？」

「名など不要」

長身の侍は刀を抜いた。

「そなたを斬る理由がない」

平八郎は冷静に言う。

「俺にはそなたを斃す理由はあるのだ」

相手は正眼に構えた。

「無益な殺生をしたくない」

「さあ、抜け」

「ぜひもない」

平八郎は抜刀した。

お互い正眼に構え、相手の様子を窺った。

相手がじりじり間合を詰めてきた。平八郎は動かず待った。緊迫した空気に包まれた。斬り合いの間に入った刹那、いきなり、相手が裂帛の気合で斬り込んできた。平八郎も足を踏み込んだ。

白刃が火花を散らしてかち合い、すぐに離れてはまたぶつかり、激しく斬り結ぶ。

相手がいきなり下がった。さらに下がる。すると、相手は下段に構え、凄まじい勢いで突進してきた。

平八郎も地を蹴った。相手の剣が襲いかかる寸前に平八郎は大きく跳躍した。意表をつかれ、相手は為す術（すべ）もなく、ただ驚愕の目をした。

平八郎は宙に跳びながら刀の峰を返し、相手の首に打ち付けた。

長身の侍はよろめきくずおれた。

すると、暗がりから白刃を下げて浪人たちが飛び出してきた。五人いる。

「無益だ」

平八郎は怒鳴る。

「それより、早くこの者の手当てをしてやれ」

「無用だ」

ひとりが叫び、五人がいっせいに剣を向けてきた。

「やめるのだ。怪我（けが）をしたら元も子もなかろう」

「黙れ」

髭面（ひげづら）の浪人が強引に斬りつけてきた。その剣を弾くと、今度は背後から剣が襲った。

その剣もはね返すと、三人目がすかさず斬り込んできた。平八郎はその剣を受け止めた。

その刹那、横から新たな剣が襲ってきた。受け止めていた剣を押し返し、襲ってきた剣を弾く。五人が連携をとって攻撃してくる。

平八郎はその都度、はね返す。仇討ちで、何人ものひとを斬った。これ以上、ひとを斬りたくなかった。

やっと五人の集中した攻撃が小休止した。

「これ以上はやめるのだ。そなたたちの腕では俺は倒せぬ」

平八郎ははっきり言う。

髭面の浪人が懐から何か出した。布に包んだものだ。それをいきなり平八郎の顔面に向けて投げつけた。

平八郎は横に跳んで避けた。剣で払ったら中のものが飛散する。目つぶしだ。平八郎は目を閉じ、五感を研ぎすます。続けて飛んできたものの気配を感じとり、目を閉じたまま、剣ではね返す。袋が裂け、粉塵が散った。さらに飛んできたものを目をとじたまま弾いた。

目つぶし攻撃が止んで、平八郎は目を開けた。浪人たちは呆気（あつけ）にとられていた。

提灯の明かりが近づいてきた。浪人たちは刀を引いた。

「退け」

髭面が言うと、浪人たちはいっせいに踵を返した。首筋を打ち付けた浪人もいつの間にかいなくなっていた。

「松沼どの」

やって来たのは同心の武井繁太郎だった。

「大事ありませんか」

繁太郎がきいた。

「ええ。それより、どうして武井どのが?」

平八郎はきいた。

「高見尚吾どのから知らされて」

「高見どのが?」

「ええ、駆けつけるのが遅くなってしまいましたが」

「高見どのをご存じなのですか」

「仇討ちのあと、松沼どののことをいろいろきかれました」

繁太郎は言ってから、

「賞金目当ての輩でしたか」

と、きいた。

「最初のひとりは私を斃して名を挙げて仕官を待とうとする浪人、あとの五人は賞金目当てでした」

「やはり、そうでしたか」

「やはり？」

「ええ。浜松藩水島家御用達の商人が松沼どのの首に懸賞金をかけたという噂が耳に入りました。まさか、ほんとうだったとは」

繁太郎は憤然とした。

「水島家御用達の商人とは誰ですか」

「証がないため、名を告げることは差し控えさせていただきます。おいおい調べ、わかったら当人にやめるように申し付けます」

「わかりました」

「それから、槍陰流の田村庄兵衛と剣術指南役の轟半平太の周辺がなにやらきな臭いのです。私どもも見張っていますが、松沼どのも十分に注意を」

繁太郎は口にする。

「わかりました」

平八郎は礼を言い、繁太郎と別れて、帰途についた。
我が身を取り囲む状況に、平八郎はやりきれなかった。

第三章　仕官

一

翌日の昼下り、平八郎は衣服を整え、木挽町にある播州美穂藩江間家の上屋敷を訪れた。

高見尚吾に導かれ、藩主との対面の間に行った。

下段の間に江戸家老香月嘉門(こうづきかもん)が控えていた。高見尚吾がまず香月嘉門に引き合わせた。

「松沼平八郎どのです。松沼どの。家老の香月嘉門さまです」

「松沼平八郎です」

平八郎は低頭した。

「さきの仇討ちでの活躍、見事であった。感服いたした」

香月嘉門は四十半ばの眉が太く、目の大きな、頑固そうな男だった。

「恐れ入ります」

「高見尚吾から聞いたが、逆恨みをされているようだな」

「はい。思いがけぬことで困惑しています」

ただ救いは、敵の恨みは平八郎だけで、三上時次郎には向いていないことだった。

逆に言えば、それだけ平八郎に対する恨みが強いということだ。

「殿がお出でです」

尚吾が声をかけた。

やがて、一段高い上段の間に江間伊勢守宗近が現われた。

平八郎は平身低頭した。

「松沼平八郎、顔を上げよ」

宗近が口を開いた。

「はっ」

と恐れ敬い、平八郎は顔を上げた。宗近は三十三歳。引き締まった顔をしていた。

どこか、旧主正孝公に似ているような気がした。ただ、正孝公にはない豪放磊落（ごうほうらいらく）な雰囲気があった。

「やはり、精悍でいい顔をしておる」

宗近は満足そうに言い、

「そなたのことは高見尚吾から逐一聞いていた。したがって、いまさら問いかけることもない。どうだ、平八郎、わしに仕えぬか」

「ありがたいお言葉なれど、私は浜松藩水島家から恨まれておりまする。仕官したことで、殿さまに迷惑がかかってもいけませぬ」

平八郎は訴えた。

「そなたは正々堂々と見事仇を討った。どこにも文句を言われる筋合いはなかろう。それを逆恨みするのは向こうが悪い。そんな相手に気兼ねをして何になろう」

宗近は一蹴し、

「嘉門。どうだ?」

と、家老の意見を求めた。

「仰せのとおりにございます。そんな連中を慮って英雄を遇しない狭量では一国を守っていくことなど出来ますまい。松沼どのに来ていただくことは、当藩にとっても誉れ。ぜひ、松沼どのには我が藩にお越しいただきたく存じます」

「平八郎。どうだ？」

宗近がきく。

「ありがたき仕合わせ。なれど、私を買いかぶられてはおられませんでしょうか。私は殿さまからそんなに讃（たた）えられるような者ではありませぬ」

「平八郎。へりくだらずともよい。それとも、何か。仕官の誘いを断る方便としてそのようなことを……」

「滅相もないことでございます」

平八郎はあわてて言い、

「松沼平八郎、身に余る光栄でございます」

と、平伏した。

「平八郎。仕官したら、すぐに播州に行ってもらおう。高見尚吾の話では狭量な輩がそなたに恨みを晴らそうとしているようではないか。江戸にいては何かと面倒であろう」

「はっ」

「返事は二、三日のうちに聞かせてもらおう」

宗近は鷹揚（おうよう）に言った。

上屋敷をあとにした。

「いかがでしたか」

門の外まで見送りにきた尚吾がきいた。

「なかなか豪気な殿さまです」

平八郎は答える。

「松沼どのにもお仕えする甲斐がある殿さまだと思います。では、とりあえず、明後日に道場にお伺いいたします。よいお返事を」

尚吾は微笑んで言う。

「では、ここで」

平八郎は尚吾と別れ、汐留川に出て、飯倉四丁目に帰った。

愛宕下に差しかかったとき、殺気を感じた。

次の瞬間、石段の脇からいきなり斬りつけてきた者がいた。平八郎は身を翻した。


平八郎は自分の部屋で多岐と向かい合った。

播州美穂藩の上屋敷で藩主の江間宗近と会ってきた話をし、

「殿さま直々のお招きは身に余ることであり、お世話になろうと思う」

「まことですか」

　多岐は目を輝かせた。

「うむ。そなたさえ、同意してくれたら」

「もちろんでございます。じつは案じておりました。平八郎どのには浪人は似合いません。ほんとうにようございました」

「では、播州に行ってくれるか」

「はい、喜んで参ります」

「私が先に乗り込み、暮らしに馴れたところで呼ぶことにする。そのとき、義母上といっしょに来てくれ」

「母もいっしょに？」

「そうだ。義母上がいやでなければいっしょに暮らそう」

　義母がついてくるかどうか不安だった。伊十郎と伊平太の墓は江戸にあるからだ。しかし、分骨し、播州美穂藩領内の寺に墓を作ればいい。義母が受け入れるかどうか。

　ふと、多岐が目尻を人差し指の背で拭った。

「どうした？」

「うれしいのです。安心したら急に……」

多岐は言い、

「私の身内のことで、那須山藩を脱藩しなければならなかったのです。兄弟のような強い結びつきの正孝公と縁を切らせてしまったのです。いえ、あなたは関係ないと仰ってくださいましたが、私はずっと胸が……」

「そなたがそのことを気に病んでいたことは知っていた。だが、もう忘れるのだ。私は播州で新たに出発する。宗近公は、仕えるにふさわしいお方だ」

「はい、もう気に病むことはありません」

多岐は微笑んだ。

「義母上にも今の話をしておいてくれるか」

「はい」

「これから三上時次郎どのにも話してくる」

平八郎は立ち上がった。

今日の稽古を終え、三上時次郎は自分の部屋に戻っていた。

平八郎は襖の前で、

「時次郎どの、よろしいか」

と、声をかけた。

「どうぞ」

中から返事がする。

「失礼いたす」

平八郎は部屋に入った。

時次郎は文机に向かって書き物をしていたらしい。筆を置いて、平八郎と対面した。

「お書き物を中断させてしまいましたか」

平八郎は気にした。

「いえ、構いません。新しい弟子の長所や直すことなどを書き留めていたところです」

「さすが、熱心だ」

平八郎は感嘆した。

「これで、平八郎どのが稽古に姿を見せてくれると、また道場が盛り上がりましょう」

時次郎は期待を寄せた。

「時次郎どの。そのことで話が」

「なにか」

時次郎は居住まいを正した。

「じつは私は今度仕官することになった」

平八郎は切り出した。

「播州美穂藩江間家にお世話になります」

「この道場は？」

時次郎はあわててきいた。

「この道場は時次郎どのに任せたのです。どうか、よろしくお願いいたします」

「平八郎どのがついていてくれるからと安心していたのですが……」

「いえ、もう時次郎どのだけで十分にやっていけます」

平八郎は言い、

「最初は私ひとりで播州に行き、暮らしに馴れたところで多岐と義母を呼ぶつもりです。どうか、その間、ふたりの面倒をお願いしたい」

と、頭を下げた。

「亡くなられた伊十郎先生は孤児の私を内弟子として引き取り、育ててくださった恩人です。恩返しが出来ないままでしたが、その分、おふたりのお力になっていきます」

義父は時次郎を多岐の婿に迎えて道場を継がすつもりだったことを思いだした。そんな義父の思いに時次郎も気づいていただろう。

平八郎に対して複雑な思いを持っているのではないかと想像したが、時次郎はそのことを微塵も感じさせなかった。

あくまでも、亡き伊十郎の恩誼に報いようとしている。

「時次郎どのなら安心してこの道場を任せられます」

平八郎は心の底から思った。

「でも。平八郎どのが仕官されることはとても喜ばしい。多岐どのもさぞお喜びのことでしょう」

時次郎は平八郎のために素直に喜んだ。

「ところで」

と、ふいに時次郎が表情を曇らせた。

「武者窓からたくさんのひとが稽古を見ているのですが、ときたま様子を窺っている無気味な顔つきの武士がいるのです。その武士は門の辺りにも目を光らせていました」

「…………」

「平八郎どののことを調べているのではないかと」

時次郎は身を乗り出し、

「それで、門弟のひとりにその侍のあとをつけさせました」

「なに、あとを？」

平八郎はきき返す。

「はい。小石川にある槍陰流の田村庄兵衛道場に入っていったとのこと」

「やはり、そうか」

仇討ちのとき、平八郎が斃した相手だ。

時次郎は不安そうに続けた。

「今は弟が道場を継いでいるようですが……」

「田村庄兵衛が討ち果たされた影響で、弟子が減っていったそうです。平八郎どのに逆恨みをしているのではないでしょうか」

「そうですか」

仇討ちの一件のほとぼりが冷めぬうちは意趣返しととらえられかねない。だが、仇討ちからひと月経つ。そろそろ、本格的に動き出すのか。

「外出時は十分にお気をつけを」

時次郎は念を押した。

「わかりました。では、これで」

平八郎は時次郎の部屋を出て、自分の部屋に戻った。

自分の首に懸賞金がかかっている。名を挙げたい者、賞金稼ぎ。そして槍陰流の田村庄兵衛の身内。さらには剣術指南役でもあった轟半平太に関わる者も恨みを抱いているに違いない。

皆が平八郎を狙っている。襲われたら闘わねばならない。これ以上の殺生をしたくない。江戸を離れるしかない。平八郎は心を決した。

翌々日、高見尚吾がやってきた。

客間で向き合い、

「播州美穂藩にお世話になります」

と、平八郎は謹んで申し上げた。

「かたじけない。我が殿も喜ばれます」

尚吾は笑みを浮かべて言った。

「お願いがございます。私が江戸にいると、なにかと困ったことになりかねません。すぐにでも、国許のほうに発ちたいのですが」

平八郎は訴えた。

「殿も事情を汲み取っておられます。そのように取り計らうつもりです。ご懸念には及びませぬ」

尚吾は力強く言った。

「ありがとうございます」

「それでは、これから殿にご挨拶を」

「わかりました」

尚吾を待たせ、平八郎は多岐の手を借り、正装に着替えた。

「では、行ってくる」

多岐に言い、平八郎は尚吾とともに播州美穂藩の上屋敷に向かった。

上屋敷の対面の間で、平八郎は藩主江間伊勢守宗近に仕官する旨を伝えた。

「平八郎。よくぞ決心した」

宗近は満足そうに頷き、

「今後はこの宗近のため、江間家のために力を尽くしてもらいたい」

「はっ。神明にかけて」

平八郎は低頭した瞬間、なぜか那須山藩飯野家藩主の正孝公の顔が脳裏を過(よぎ)った。

二君に仕えずという信念を覆した我が心根に忸怩たる思いがあった。

「殿」

尚吾が口を開いた。

「松沼どのには早く国許に馴れていただきたく、早々に向かっていただこうと思います」

「よい。国家老をはじめ年寄どもにはすでに文にて平八郎のことは伝えてある。いつでも迎えられる支度は出来ているはずだ」

宗近は表情を緩め、

「平八郎。わしが国許に帰るのは来年の四月だ。それまで、高見尚吾も江戸にいる。だが、心配はいらぬ。国許も仇討ちでのそなたの活躍はよく知っている。そなたを待ち望んでいる」

「ありがとうございます」

平八郎は平身低頭した。

それから、平八郎は帰宅し、あわただしく播州に向かう支度をした。

播州美穂藩での平八郎は当面は那須山藩と同じ馬廻役、そして役高も二百五十石ということになった。

そして、明日、江戸を発つという日の夜、平八郎は多岐としばしの別れを惜しんだ。

「来年、義父上と伊平太の一回忌の法要に江戸に戻ってくる。そしたら、義母もいっしょに播州に向かおう」

平八郎は約束を交わした。

「それまでもうお会いできないのですね」

多岐は寂しそうに言う。

「一回忌まですぐだ。そしたら、新しい暮らしがはじまる。ふたりの間に子が出来なければ養子をとろう」

播州で骨をうずめるのだと、平八郎は言った。

「はい」

星月夜に黄菊が花開き、柳の葉は散りはじめている。

二

九月三日未明、平八郎は多岐や義母、そして三上時次郎の見送りを受けた。

「どうぞ、道中、ご無事で」

多岐が目尻を濡らした。

「すぐ会うようになるのだ」

平八郎は言った。

「時次郎どの。あとのこと、よろしくお願いいたします」

「必ず、お守りいたします」

「では」

平八郎は別れを告げて歩きだした。

途中、振り返ると、多岐が追いかけるように数歩前に出てきた。平八郎はなぜか後ろ髪を引かれて立ち止まった。

平八郎は軽く手を上げ、歩きだした。多岐の顔が脳裏から離れなかった。

増上寺の脇から東に向かい、東海道に出て金杉橋を渡った。

ちらほら南に向かう旅人の姿が目に入った。

商家の並ぶ町中を過ぎて、高輪（たかなわ）の大木戸の石垣が見えてくる。左手に海が開け、波打ち際をせっせと歩く。

仄（ほの）かに明るくなった前方に品川宿が見えてきた。

海岸に沿って、やがて宿場に入った。まだ暗く、飯盛女と遊んだ客があちこちの旅籠から出てきた。

平八郎は大きな品川宿を素通りした。

陽が上ってきた。青空だが、風は冷たかった。木立の多い場所に差しかかった。肌寒くなったのは陰気な雰囲気のせいだ。

涙橋を渡った。刑場に送られる罪人を見送ってきた親しい者が涙で別れを告げるところだ。

鈴ケ森(すずがもり)の仕置き場に差し掛った。道端から獄門台が見える。気のせいか。さらし首が見えた。錯覚だった。

鬱蒼とした場所を足早に行く。ふと、平八郎は足を止めた。前方に槍を持った侍が立っていた。大柄な男だ。

背後にも槍を持った侍があらわれた。

「松沼平八郎、待っていた」

大柄な男が野太い声で言う。

「何者だ?」

「そなたに討たれて果てた槍陰流の田村庄兵衛の弟庄次郎(しょうじろう)だ。この日を待っていた」

男は名乗った。

「勝負は時の運。田村庄兵衛どのは立派に闘ったが武運つたなかっただけだ。仇討ちなど論外」

平八郎は諭すように言う。

「仇討ちではない。そなたのお蔭で、槍陰流田村庄兵衛の評判は地に落ちた。評判を取り戻すためだ」

「決闘は禁じられておりますぞ」

「問答無用」

田村庄次郎は叫ぶや、いきなり突進してきた。柄を長く持ち、槍を大きく振り回して迫ってきた。風を切る凄まじい音とともに眼前に穂先が走った。

平八郎は後退った。が、背後では柄の中程を握った小肥(こぶと)りの侍が穂先を向けて待ち構えている。

平八郎は道を外れ、木立の中に駆け込んだ。だが、そこにもうひとり、槍を構えている痩身の侍が待っていた。

ふたりが追ってきた。平八郎は痩身の侍に抜き打ちに斬りつけ、相手が怯んだ隙に脇を走り抜け、木立が固まっている場所に逃げた。

そこで立ち止まり、三人を迎えた。

ここなら柄を長くもって槍を振り回せない。その攻撃がないだけ、平八郎に余裕が生まれた。

「三人がかりで俺に勝ったところで自慢にはなるまい」

平八郎は庄次郎に言う。

「槍でそなたを斃すことが肝要なのだ」

「しかし、このように木立が多い場所では槍を振り回せまい」

「槍の攻撃は自在だ。いかようにも対応出来る」

庄次郎は自信を覗かせた。

「しかし、木立が邪魔で三方からの一斉攻撃は出来ぬ。ここでは一対一だ」

平八郎は言い切る。

庄次郎は柄の中程を握り、しゅっしゅっと穂先を突き出しながら迫る。他のふたりは柄を短く持っていた。

陽が昇り、木漏れ日が射してきた。

「庄次郎どの。そなたに万が一のときには道場はどうなるのだ。跡継ぎはいるのか」

平八郎は鋭くきく。

「そなたに関係ないこと」

「いや。そなたを斃すことで道場が立ち行かなくなったら寝覚めが悪い。もし、そうなら、無益なことはやめるべきだ」

小肥りの侍が斜め前から穂先を突きだした。平八郎が剣で叩く前にすぐに穂先を引いたが、思い切って槍を使えないようだ。

「どうだ、不自由だろう」

平八郎は同情するように声をかける。

「どけ」

庄次郎が仲間に言う。

ふたりはさっと両脇に移動した。

「松沼平八郎、望みどおり一対一だ」

そう言うと、庄次郎は柄の中程を持って穂先を平八郎の喉元に向けて構えた。

「田村庄兵衛どのはなぜ、俺に敗れたかわかるか」

平八郎は正眼に構えて言う。

「俺を甘く見ていたようだ。槍を相手に闘ったことがないと見抜き、安心してしまったのが命取りだった。庄兵衛どのはもっと慎重に俺と立ち合うべきだったのだ」

「言いたいことはそれだけか」

庄次郎は吐き捨て、槍を構えたまま間合を詰めてくる。やはり、槍が相手だと間合がとりづらい。穂先が斬り合いの間に入っても、本人はもっとかなたにいるのだ。

　庄次郎が穂先を突きだした。眼前に迫った。平八郎は体を横に倒して穂先を避けた。すぐに庄次郎は槍を手元に引き寄せた。再び穂先を突き出してきた。今度は平八郎は剣で弾いた。だが、平八郎の剣は空を切った。すかさず槍を突きだす。休む間もない攻撃に、平八郎は木立まで後退った。

　素早い槍捌きだ。しかし、何度も突いて引く動きを見ているうちに、だんだん目が馴れてきた。新たに突いてきた穂先を剣で弾いた。

「庄次郎どの。何度もそうやって攻撃してくると、こっちは槍の動きに馴れてくる。だが、庄兵衛どのはそのことを知っていたから、次に槍を持ち直して振り回してきた。だが、あのとき庄兵衛どのは勝ったと思ったのかにやりと笑った。油断だ。庄兵衛どのが油断しなければ、俺は首を刎ねられていただろう」

　庄次郎の動きが止まった。

「今の話、偽りではあるまいな」

「ほんとうだ。庄兵衛どのはにやりと笑った。そのほくそ笑みを見て、俺は勝てると思った。案の定、俺の作戦に引っ掛かった」

「…………」

庄次郎は押し黙った。槍の穂先が下がった。

平八郎はおやっと思った。

「松沼どの」

庄次郎が口を開いた。

「俺は兄がなぜそなたに敗れたのか、それが知りたかったのだ。槍を持たせたら誰にも負けぬと自負していた兄がなぜ負けたのか」

「おわかりいただけたのか」

「わかった。確かに、兄は油断したかもしれない。だが、それでも相手が松沼どのではなかったら負けることはなかったであろう」

そう言い、庄次郎は槍を引いた。

「松沼どの。得心がいった。我らは手を引く。どうぞ、行かれよ」

「安堵しました」

平八郎は刀を鞘に納め、

「では」

と、庄次郎の脇をすり抜け、通りに戻ろうとした。

殺気がした。平八郎は振り返った。庄次郎が穂先を向けて突進し、突き刺してきた。

平八郎は身を避けながら掠めた槍の柄を左脇ではさんだ。槍を手放し、庄次郎は刀を抜いて斬りかかってきた。

平八郎は槍を落として抜き打ちに庄次郎を斬り捨てた。眉間を割られ、庄次郎は仰向けに倒れた。

「なぜだ?」

平八郎は叫んだ。

「さっきの言葉は嘘だったのか」

平八郎は倒れている庄次郎を見下ろし、やりきれないように吐き捨てた。

ふたりの侍が茫然としている。

「庄兵衛どのの仕返しをしようとして松沼平八郎に返り討ちにあったとなったら、槍陰流の道場に傷がつこう。どうするのだ?」

平八郎はふたりにきいた。

「あとは我らで始末します。どうぞ、お引き取りを」

小肥りの侍が言う。

「では、頼んだ」

平八郎は無益な殺生をしたと胸の締めつけられる思いで、東海道に出た。

平八郎は東海道をひたすら歩いた。

右手は台地で、左には海が見え、漁師小屋が点在している。

六郷の渡し場にやってきた。対岸の川崎宿に渡る船だ。渡し船に乗り込んだのは旅装の若い男女、商人ふうの男がふたり、そして三味線を抱えた女芸人の一行だった。

船が出る間際に、菅笠をかぶり、手甲脚絆に草鞋穿き、合羽を着て、腰に道中差し、振り分け荷物の旅人が乗り込んできた。

平八郎は乗船客の中では最後に乗り込んだ菅笠の男が気になった。

対岸の川崎宿に着くと、菅笠に道中差しの男は一番あとから下り、平八郎を追い越し、どんどん先に歩いて行った。

その夜は戸塚宿にとまり、二夜目は小田原宿に泊まって翌日は箱根を越えた。怪しい連中の気配はなく、旅は順調に進んだ。

三島、蒲原、府中と泊まり、六日目は掛川宿に夜遅く着いた。ひとつ前の日坂宿で日が暮れたが、そのまま一里二十九町（七・〇九キロ）先の掛川に向かったのだ。

日坂宿に泊まると翌日は行程を考えて浜松宿に泊まらざるを得なかった。

そして、七日目は早暁に掛川を発ち、袋井、見付を過ぎ、陽が傾きかけた頃に天竜川を渡った。いよいよ浜松領に差しかかる。

浜松藩水島家の本拠だ。本柳雷之進の親しい仲間もたくさんいよう。平八郎が東海道を旅していることを察知しているかどうかわからないが、万が一のことを考えたら、一刻でも早く行き過ぎたかった。

松並木の街道を過ぎ、浜松宿に入る手前に立場(たてば)があり、そこを素通りしようとしたとき、茶店の腰掛けに座っていた菅笠に道中差しの男に気づいた。

その男が立ち上がって近づいてきた。

「旦那。確か、六郷の渡しでいっしょでしたね」

「そうだったかな」

平八郎はとぼけた。

「何か用か。先を急ぐでな」

平八郎は無視して先を急ぐ。

「これはすまないことで」

男は追いついてきて言う。

「あっしは伊勢の文太(ぶんた)ってけちな野郎です。じつは、ちょっとしたことでひとに追われてましてね。どうぞ、しばらくごいっしょさせていただけませんか」

「すまぬが面倒なことに巻き込まれたくない」

平八郎は言い捨てる。

「そんなこと仰らず。人助けだとお思いになって」

文太はついてくる。

「そなたは江戸からだな」

「へえ、さようで。伊勢に帰るところです」

「江戸では何をしていた？」

「へえ、いろいろと」

「それより、さっきの茶店で俺を待っていたのか」

平八郎はきく。

「いえ、たまたま六郷の渡しでいっしょだったお侍さんだとわかりまして」

「何日も前のことだ。それに、船の中でもそなたとは顔を合わせていない。それなのに、よく俺の顔がわかっていたな」

「わかりますって」

文太は平然と言う。

「そなた、俺の名を知っているのではないか」

平八郎は立ち止まってきく。

「いえ」

「そうかな」

平八郎は冷笑を浮かべ、

「もうひとつきこう。そなた、伊勢の者ではないな」

と、決めつける。

「えっ、どうしてそんなことを？」

文太は怪訝な顔をした。

「おぬし、ただの町人ではあるまい。元は武士か」

「………」

「図星のようだな。もうひとつ言おう」

「なんですね」

「ここの者ではないのか」

「ここですって？」

「そう、浜松藩領内だ」

「お侍さん、何か勘違いなすっていませんかえ」

文太は冷笑を浮かべた。

「六郷の渡し船を下りてから、そなたは俺を追い越していった。ずいぶん急いでいるようだった。俺も急いでいた。だが、そなたの姿をあれから見かけなかった。俺にみつからないように俺を見張っていたのだ」

「何のことかわかりません」

文太はとぼける。

「俺は急ぐ」

平八郎は歩きだす。

「待っておくんなさいな。浜松宿で、いい旅籠を知っていますぜ」

文太が横に並んで言う。

「浜松宿に泊まらん」

「次の舞坂宿に着くのは夜になっちまいますぜ」

「かまわん」

平八郎はさらに足早になった。

「松沼さま」

文太が呼びかけた。

平八郎は再び足を止めた。

「やはりな。俺と知っていて待ち伏せていたな。そなたは浜松藩水島家の者か」

「松沼さま」

文太は真顔になって、

「ちょいと、お付き合いくださいませんか」

と、誘った。

「どこにだ？」

「じつは、本柳雷之進の友人たちがぜひご挨拶をしたいとお待ちかねなのです」

「済んだこと。今さら、挨拶など不要だ」

「そう仰らず」

「無益な殺生をしたくない」

「鈴ヶ森ではなさいました」

「見ていたのか」

平八郎は憤然としてきいた。

「ええ。あの後始末は心配いりません。我らが片づけましたから」

文太はほくそ笑み、

「松沼さまの首に懸賞金をかけたのがどなたかご存じですか」

と、きいた。

「誰だ？」

「今、そのお方がこっちに来ています。お会いになりませんか」

「なに？」

「おふたりが同時に浜松にいるのも何かの巡り合わせです」

「誰だ？」

「ご城下で海産物商を営む『遠州屋』の主人絹右衛門（きぬえもん）さまの弟の絹次郎（きぬじろう）さまです。江戸の『遠州屋』の出店の主人です」

「絹次郎どのが俺の首に懸賞金をかけたのか」

「さようです。じつは、絹次郎さまが松沼さまにお会いしたがっているのです」

文太は含み笑いをした。

「なぜだ？」

平八郎は冷めた声できく。

「懸賞金をかけた相手に会って何をしようとするのだ？」

「松沼さまのことを知りたくなったのではないでしょうか。よろしければ、これからご案内いたします」

平八郎は罠かもしれないと思ったが、あえて承諾した。

「行こう」

「へえ、ありがとうございます」

文太は先に立った。

三

馬込川(まごめがわ)を渡ると、番所があり、浜松宿に入って行く。

右手にお城の天守が見える。やがて、大手門に出た。東海道はそこから左に折れて南下するが、文太はそのまま濠ぞいに足を向けた。

やがて賑やかな町に入ってきた。呉服屋や両替屋などの大店(おおだな)が並ぶ一角に、『遠州屋』が見えてきた。瓦屋根の間口の広い大きな店だ。

文太は店先の横にある戸口に入った。平八郎も続く。

女中が出てきて、平八郎と文太は客間に通された。床の間には山水画の掛け軸がかかっていた。

庭は広く、池で鯉が跳ねた。

「見事な屋敷だ」

平八郎は感嘆する。

「絹右衛門さまは藩主さえも一目置くお方ですから」

文太は得意そうに言う。

襖が開いて、恰幅のよい男が入ってきた。三十半ばぐらいか。

目の前に腰を下ろし、

「よくいらっしゃってくださいました。私は江戸の出店を見ている絹次郎です。たまたま、こちらに帰っているときに松沼さまがお通りになると知り、ぜひお目にかかりたいと」

計算の上でのことに違いないが、そのようなことはおくびにも出さずに、絹次郎は淡々と言う。

「お会いする機会が訪れるとは思いもしませんでした」

平八郎は正直に挨拶をする。

「これも何かの巡り合わせでしょう」

絹次郎は笑みを浮かべ、

「それにしても、先日の仇討ちでのご活躍、見事でございました」

と、口にした。

「しかし、義弟を死なせてしまいました。慙愧(ざんき)に堪えません」

平八郎は言ってから、

「絹次郎どのが私の首に懸賞をかけたと聞きましたが、まことですか」

と、睨みつけるようにしてきいた。

「ほんとうです」

絹次郎は悪びれずに言う。

「なぜですか。なぜ、関係のないあなたが?」

平八郎はきく。

「私は藩主忠光公とは親しくさせていただいております。忠光公の無念は私の無念です」

「忠光公から頼まれて?」

なおもきく。

「いえ。私の一存」

絹次郎は表情を引き締め、

「本柳雷之進は忠光公が寵愛していた家臣です。その者を失った悲しみは私にもいたくわかります」

絹次郎はさらに、

「忠光公は仇討ちの決闘で、本柳雷之進が討ち取られることがないようにと錚々たる助太刀を揃えました。まさか、槍陰流の田村庄兵衛、剣術指南役の轟半平太が敗れるとは予想だにしていなかったようです」

「………」

「忠光公は仕返しをしようなどとは思ってもいませんし、立場上も出来ません。しかし、忠光公の悲嘆振りを目の当たりにしては黙っていられませんでした」

「それで、私の首に懸賞を？」

平八郎は貶むように言い、

「そうやって、私を討ち取って、忠光公は満足するのですか」

と、訊ねる。

「松沼さまの首を本柳雷之進の墓前に供えれば、少しでも気は晴れるでしょう」

「忠光公が仕返しをしようとは思ってないというのはほんとうですか」

「ほんとうです」

絹次郎は頷き、

「ただ、先の田村庄兵衛どのと轟半平太どのの身内は違いましょう。そして、この私が松沼どのを……。しかし」

と、続けた。

「私の懸賞首も田村庄兵衛どのの身内も、どうやら失敗したようです」

どこまで正直に話しているのか、平八郎は見極めるように相手の目を見る。

「私を呼んだ真意は？」

平八郎は問いかける。

「懸賞金をかけたが、効果がなかった。松沼どのが新しい仕官先の播州に行ってしまえば、もはや討つことも出来ぬ。ならば、賞金をかけたことを取り下げようと思いました。それで、最後に松沼さまにお会いしておこうと思いまして」

絹次郎は鋭い目を向けて言う。

「だからといって、別に会う必要もないと思うが」

「いえ、区切りですので」

「区切り？」

「ええ、あなたさまとはもう関わらないということです」

「……妙だな」

平八郎は顔をしかめた。

「どうかなさいましたか」

絹次郎が表情を変えずにきく。

「隣に何人かいるようだが、なぜ、殺気だっているのだ？」

平八郎は刀を摑んで立ち上がった。

「松沼さま。落ち着いてください」

絹次郎は冷静に言う。

平八郎は絹次郎の声を無視して襖に近付き、思い切り襖を引いた。

あっという叫び声が聞こえた。

刀の柄に手をかけた浪人が三人、あわてて後退った。

「そなたたち、そんなところで何をしている？」

平八郎はきいた。

三人から返事がない。

「俺の首にもう懸賞金はかかっておらぬ」

平八郎が言うと、絹次郎が大声を出した。

「まだ、取り下げてはいません」

平八郎は絹次郎を振り返った。

「やはり、そうか。最初からこれが狙いだったか」

平八郎は憤然とし、刀を腰に差した。

「さあ、この者を斃せば五十両だ」

絹次郎が叫ぶと、四角い顔の浪人が抜き打ちざまに襲ってきた。平八郎は横に跳んで襲ってきた剣を避ける。

あとのふたりも客間に入る。

平八郎は三人と立ち向かい、

「賞金に目が眩んだのか」

と、哀れむように言う。

「黙れ」

別の浪人が横に剣を薙いだ。平八郎はあっさり体を引いてかわしながら相手の腕に剣を振り下ろした。

うめき声を上げて、剣を落とした。

すかさず、もうひとりが剣を振りかざしたとき、

「待て」

と、平八郎は相手を制した。

「部屋を血で汚したくない、庭に出ろ」

そう言い、平八郎は障子を開け、廊下から庭に飛び下りた。もう空は薄暗くなっていた。浪人がふたり、続いて庭に出た。

平八郎は剣を下段に構えた。

騒ぎを聞きつけ、店の者も集まってきた。

四角い顔の浪人が上段に構え、斬り込んでこようとした。

「やめなさい」

突然、廊下で絹次郎が叫んだ。

浪人は振りかざした剣を止めた。

「残念ながら、おまえさん方の敵う相手ではない」

絹次郎が冷やかに言う。

「いや、まだだ。まだ敗れたわけではない」

四角い顔の浪人が叫ぶように訴える。

「無理だ。もういい」

絹次郎は首を横に振り、

「ごくろうだった。下がるのだ」

と、浪人に言った。

それから、奉公人たちも下がらせたあと、平八郎に向かい、

「やはり、松沼さまの剣は噂通り」

と、口にした。

「罠だったのか。最初から俺を襲わせるつもりだったようだな」

平八郎は廊下にいる絹次郎を見上げて言う。

「いえ」

絹次郎は落ち着いた声で、

「あの浪人もご城下ではかなり鳴らした剣客でした。しかし、私は松沼さまの敵ではないと思っていました」

「では、なぜ？」

「松沼さまの腕前をこの目で見てみたかったのです」

絹次郎は平然という。

「それを信じろと言うのか」

「信じるも何も、事実ですから」

「まあ、いい」

平八郎は刀を鞘に納め、部屋に戻った。

「俺の懸賞首を外すか」

「もちろんです」

「信じよう」

平八郎は立ち上がり、

「失礼する」

と、荷物を背にかけて部屋を出ようとした。

「松沼さま。もう暗くなりました。今夜はここにお泊まりください」

絹次郎は澄ました顔で言う。

「いや、ゆっくり休めそうにもない」

平八郎は『遠州屋』を出て、宿場に戻った。

浜松宿は東海道で一番大きな宿場で、本陣が六軒、旅籠も九十軒以上あった。その中で、小さな旅籠に草鞋を脱いだ。

夕餉をとり終えたあと、女中が顔を出し、

「文太というひとが下に来ていますが」

と、伝えた。

「すまないが、ここに上げてもらえるか」

平八郎は言う。

「はい」

女中が階下に下りてしばらくして障子に影が差した。

「文太でございます」

「入れ」

平八郎は声をかける。

「へい」

障子が開き、文太が入ってきた。

「失礼します」

文太は平八郎の前で畏(かしこ)まり、

「最前はとんだことで失礼しました」

と、詫びた。

「最初から知っていたのだろう。今さら隠すことはない」

「恐れ入ります」

「それより、どうして俺がここに宿をとったことを知ったのだ？　あとをつけられたはずはないが」

「なあに、たいしたことではありません。一軒一軒きいてまわったんです。松沼平八郎さまがお泊まりではないかと」

「旅籠は九十軒以上あるそうではないか」

「松沼さまはまず飯盛女のいる旅籠には泊まりますまいから平旅籠に絞れ、それから高級な旅籠も避けるでしょう。そして」

「そして、大手門より前に戻ることはないから、大手門から南に向かう宿場筋というわけだな」

平八郎が口をはさむ。

「そのとおりで。すると、五軒目で当たりということに」

「なるほど。そなたは才知に長けているな」

「恐れ入ります」

文太は頭を下げてから、

「口寂しいんで、お酒をもらいませんか」

と、催促した。

「呑みたいなら呑め。俺は道中では呑まない」

「どうしてですかえ。まさか、酒癖が悪いとか」

平八郎は言う。

「そうではない。気持ちの問題だ。いいから呑め」

「でも、ひとりで呑んでも」

「遠慮するな。その代わりそなたにききたいことがある」

「ききたいこと？」

文太は警戒するような顔になった。

「さあ、階下に行って酒を頼んでこい」

平八郎は急かした。

「じゃあ」

文太は部屋を出て行き、すぐに戻ってきた。

「頼んできました」

文太は言ってから、

「ききたいことってなんですね」

と、きいた。

「あとでいい。先にそなたの話を聞こう」

「あっしの話？」

「そうだ。『遠州屋』でのことを詫びに来たのではないだろう。何か用があったはずだ」

平八郎は言い切る。

「へえ、じつは……」

文太が口を開きかけたとき、

「失礼します」

と、女中が障子を開けた。

酒を置いて、女中が出て行くと、文太は湯吞みに酒を注ぎ、喉を鳴らしながら半分ほど吞んで、

「じつは、もしよろしければ、本柳雷之進さまのお墓にご案内しようかと思いまして」

と、切り出した。

「なぜだ？」

平八郎は眉根を寄せてきく。

「なぜって……」

文太は困惑しながら湯呑みの残りを呑み干した。

「いろいろあっても仏になれば……」

「武士同士の決闘の末のことだ。無用である。それに、俺の義弟も本柳雷之進に殺されている。もともとは本柳雷之進が小井戸伊十郎を暗殺したことが発端だ」

平八郎は鋭く言う。

「それはわかっていますが、せっかく領内にお出でになるので、いかがかと思いまして」

文太は遠慮がちに言う。

「そなた、また俺をだまそうとしているな」

平八郎は睨みすえる。

「何を仰いますか。そんなことするはずないじゃありませんか」

文太はあわてて言う。

「そなたはどういう立場から俺に墓参りを勧めるのだ？　そなたはそんなに本柳雷之進と親しい仲だったのか」

「とんでもない。あっしは本柳雷之進さまをよく知りません」

「では、誰かに頼まれたのだな。俺を本柳雷之進の墓まで行かせるようにと」

平八郎は問い詰める。

「誰にも頼まれちゃいません」

「では、そなたの考えか」

「そうです」

「やはり、そなたも仲間か」

「仲間？　どういうことですね」

「本柳雷之進の墓で、そなたの仲間が待ち構えているのであろう」

平八郎はずばり言った。

「冗談じゃありませんぜ。どうして、あっしがそんなことを」

文太が不服そうにきいた。

「その答えは……」

平八郎は素早く刀を摑むや抜刀して切っ先を向けた。文太は座ったままの姿勢から飛び退いた。

平八郎は刀を鞘に納め、

「見事だ」

と、言った。

「驚くじゃありませんか」

文太は再び腰を下ろす。

「そなた、侍だな」

「…………」

「だが、侍が町人になりすますことは簡単ではない。すぐばれてしまう。なのに、そなたは完璧に化けている。忍びか」

「何を仰いますか。あっしはそんなものじゃありません」

文太は澄まして否定する。

「俺が仇討ちのために那須山藩飯野家から江戸に出発したとき、襲ってきた男がいた。あの男も那須山藩の領内に侵入し、俺のことを調べていた。その男とそなたは同じ匂いがする」

平八郎が言うと、文太は微かに頬を引きつらせた。

「『遠州屋』の絹次郎を浜松に寄越したのも、そなたの策略だ。俺の首に懸賞金をかけさせたのもそなたたちだ。違うか」

「なんのことか」

文太は首を横に振る。

「そなたは隠密に働く忠光公直属の家来ではないのか。あるいは、どこぞの忍びの集団の一味だ」

平八郎は決めつけた。

文太は含み笑いをし、

「どうやら、これ以上お話をすることはないようです」

と、腰を上げた。

「答えを聞いていない」

「いずれおわかりになりましょう。失礼いたします。あっ、お酒は馳走(ちそう)になります」

文太は静かに部屋を出て行った。

やはり、すべての命令は忠光公から出ていたのだと、平八郎は慄然とした。

四

翌朝、平八郎は七つ(午前四時)に旅籠を発った。

宿場内には人通りはないが、もう起きている旅籠も多く、問屋場では荷駄の積み込みが行われていた。

平八郎は足早に宿場を出た。

暗い街道に松並木が続く。ふと前方の松の陰に人影が動いた。

平八郎は足を緩めることなく進んだ。ふいに数人の侍が松の木の陰から躍り出て、たちまち平八郎を取り囲んだ。

「何者だ?」

平八郎は問い質す。

相手は黙って刀を抜いた。

「本柳雷之進どののお仲間か」

平八郎はきく。

いきなり、長身の武士が突進してきた。平八郎は抜刀して相手の剣を払う。続けざまに斬り込んできた。

応戦しながら、

「無益な殺生はしたくない。刀を引け」

と、平八郎は叫ぶ。

「黙れ」

そう叫び、長身の侍は裂帛の気合で斬り込んできた。平八郎は鎬で剣を受け止めた。相手は渾身の力で押しつけてきた。

平八郎も押し返す。相手は後退った。そこに背後から別の剣が襲ってきた。平八郎は刀を引いて横に跳んだ。長身の侍はつんのめった。そこに、仲間の剣が振り下ろされた。長身の侍はあわてて倒れ込んで味方の剣先を避けた。

まだ夜は明けていないが、街道に旅人が目立ってきた。

「これ以上の斬り合いは無益だ」

平八郎は剣を構えている武士に向かって言う。

武士は剣を構えたまま動かなかった。

平八郎は刀を鞘に納め、

「よいか。本柳雷之進どのは決闘の末に散ったのだ。本柳どのが真の武士であれば、仕返しなどしても喜ぶまい。それより、菩提を弔ってやることだ」

侍たちから返事はない。

平八郎は無視して先に進もうとした。

ふと目の端に、文太の顔が見えた。

文太は近づいてきて、

「これで、あのひとたちも納得出来ましょう」

と、含み笑いをした。

「これも、そなたの差し金か」

平八郎は文太を睨みすえた。

「松沼さまは私を買いかぶっていなさる。私にそのような力はありません」

「いや、そなたは忠光公に近しい存在であろう。忠光公の意を汲んで、そなたはいろいろ動きまわっていたのだ」

「…………」

文太は含み笑いをした。

「これですべて終わりにしたい」

平八郎は言い、歩きだした。

ようやく、東の空が明るくなってきた。

その後、何ごともなく東海道の終点京の三条大橋に着き、東寺（とうじ）口から唐（から）街道に入って山崎（やまさき）に、そこからは山崎通りを西宮まで行く。

西宮から山陽道に入り、兵庫津（ひょうごのつ）を越え、播磨（はりま）の国に入った。明石、加古川、姫路と過ぎ、播州美穂藩へは海のほうに向かう。

江戸を発って半月、平八郎はいよいよ播州美穂藩に着いた。

晩秋の澄み渡った空に白亜の城が浮かんでいた。

平八郎は立ち止まって、城を感慨深く見つめた。ここが新しく生きていく土地だった。

ふと那須山藩飯野家の正孝公の顔が脳裏を掠めて切なくなったが、平八郎は深呼吸をして、新天地に足を進めた。

狭い通りを七曲がりのように何度も角を曲がり、ようやく城の大手門に着いた。

警護の若い侍に、筆頭家老丸尾柿右衛門(まるおかきえもん)への面会を求めた。

「あなたが松沼さまですか」

若い侍は目を輝かせた。

自分のことが過大な評価で広まっているのではないかと、平八郎はなんとなく鬱陶しい気分になった。

平八郎は三の丸にある長屋門の大きな家老屋敷に案内され、草鞋を脱ぎ、足を濯いで客間に通された。

やがて、御殿から家老の丸尾柿右衛門が戻ってきて、平八郎は柿右衛門の部屋に導かれた。

次の間に控えると、柿右衛門は敷居の向こうの部屋に腰を下ろしていた。

柿右衛門は四十歳ぐらい。小肥りで、丸顔の素朴そうな感じだった。野良着を着せても似合いそうだった。

「松沼平八郎か」

柿右衛門が静かに切り出した。

「はっ。松沼平八郎であります。今日、江戸より到着いたしました」

平八郎は挨拶をした。

「そなたのことは聞いている。仇討ちでの見事な活躍、わしも感服いたした。そのような者が我が家中の一員となること、藩の誉れでもある」

「恐れ入ります」

「殿がお戻りになるのはまだ半年先になるが、それまで当藩の暮らしに慣れるように」

柿右衛門は言ったあとで手を叩いた。

女中がやってきた。

「高見尚三(しょうぞう)をここに」

「はい」

女中が下がったあと、

「道中、何ごともなかったか」

と、きいた。

「いささか」

「何かあったのか」

柿右衛門は眉根を寄せてきいた。

「はい。江戸を発った直後、鈴ケ森にて槍陰流の田村庄兵衛の弟に待ち伏せされました」

「して、その者はどうした？」

「止むを得ず斬ってしまいました」

平八郎は忸怩たる思いで言う。

「で、死体の始末は？」

「いっしょにいた門弟がしたと思います」

「そうか」

柿右衛門は溜め息をつく。

「それから浜松宿にて……」

平八郎は『遠州屋』でのことを話した。

聞き終えて、柿右衛門は不思議そうな顔で、

「絹次郎という男はそなたの腕を自分の目で確かめたかったというのか」

と、きいた。

「それだけのことで、わざわざ江戸からやってきたのか」

「私もそのことは解せません」

平八郎も正直に感想を述べた。

「ただ、これを企てたのは文太と名乗った町人ふうの男ですが、この男、忍びのように思えます」

「忍び？」

「はい。浜松藩水島家の隠密か、どこぞの忍びの集団の一味ではないかと」

「うむ」

柿右衛門の表情が曇った。

「何か」

平八郎は訝ってきいた。

「大和（やまと）の国の山奥に謀略と奸計（かんけい）に長けた忍びの集団があると聞いたことがある。葛城（かつらぎ）

の藤太という男が率いているそうだ」

「葛城の藤太？」

伊勢の文太と名乗った男の顔が脳裏を掠めた。

「実際に接したことはないので、どこまでがほんとうかわからぬが、謀略と奸計に長けているというのが気になる」

柿右衛門が厳しい顔で言う。

「あの『遠州屋』の件に何か企みがあったのでしょうか」

「いや。そなたは無事にここまで来ることが出来たのだ。奸計にはめるつもりだったら、そなたをやすやすと領内から出さなかったはずだ」

「そうですね」

平八郎は浜松領内でのことを思いだしてみたが、特に危機を感じたことはなかった。

ふと、柿右衛門が平八郎の背後に目をやり、

「来ていたか」

と、声をかけた。

振り返って、平八郎は思わず声を上げた。

「高見尚吾どの」

「いや、違う。よく見てみろ」

柿右衛門が笑った。

平八郎は体の向きを変え、敷居のところに座っている武士を改めて見つめた。そういえば、高見尚吾より少し若く、顔も細いようだった。

「高見尚吾の弟の尚三です」

尚吾によく似た侍は名乗った。

「これは失礼いたしました」

平八郎は頭を下げた。

「尚三、入れ」

柿右衛門が言うと、尚三は平八郎の横に並んだ。

「松沼平八郎だ。最前、到着した」

柿右衛門は尚三に言い、次に平八郎に顔を向け、

「高見尚三が当面の間、そなたの面倒を見る。何事も尚三にきくように」

と、言った。

「心得ました」

平八郎は柿右衛門に頭を下げた。

「ふたりは同い年だ。仲良くやるのだ」

「はっ」

と、ふたりは柿右衛門に頭を下げた。

そして、平八郎は尚三を見て、

「どうかよろしくお願いいたします」

と、口にした。

「こちらこそ。松沼どののことは兄からの文で存じあげております」

ふたりで家老の屋敷を辞去し、尚三の案内で、平八郎に用意をされた屋敷に向かった。

大手門を出ると、潮の香りがした。

「海が近いのですね」

平八郎は潮の香をかぎながら言う。

「ええ、砂浜には塩田が広がっています。隣の赤穂藩から製塩の技法の教授を受け、先代の殿さまのときから行っています。ようやく、利益をもたらすようになりました」

「そうですか」

外濠にある武家屋敷地にやってきた。

塀で囲まれた木戸門の屋敷の前で、尚三は立ち止まった。

「ここです」

「なんと、立派なお屋敷ではありませんか」

平八郎は感嘆した。

「さあ、中に」

尚三といっしょに門を入る。門の横に、奉公人の長屋がある。

石畳を踏み、玄関に入る。

「妻女どのは江戸に残されたそうですね」

尚三がきいた。

「ええ、落ち着いたら呼ぶつもりでしたが、義父と義弟の一回忌が済んでからにしようと思っています」

「それまで寂しいですね」

「ええ」

尚三は玄関に入り、

「旦那さまがお着きです」

と、奥に向かって声をかけた。

すぐに女中ふたりと若い男が出てきて玄関に並んで座った。

「私の独断で、奉公人を雇っておきました」

尚三は言い、

「そなたらの新しい主人の松沼平八郎どのだ」

と、女中たちに紹介した。

奉公人はそれぞれ名乗った。

「皆、近在の百姓の子です」

「なにから何まで」

平八郎は尚三に頭を下げた。

「長旅でお疲れでございましょう。どうぞ、お部屋にご案内申し上げます」

年長のお政（まさ）という女中が声をかける。

「話は明日ということで、今日はゆっくりお休みください」

尚三は言い、引き上げて行った。

「では、案内を」

平八郎は玄関を上がった。

お政の案内で屋敷内を一通り見てまわった。手入れが行き届いていた。

自分にあてがわれた部屋に行く。先住の武士が使っていた部屋だ。裏庭に面していた。

風呂に入り、夕餉をとってから寝間に行った。

疲れているが、寝つけなかった。義父の暗殺から今日までのことが現実のことと思えなかった。

自分が那須山藩飯野家の武家屋敷ではなく、播州美穂藩の武家屋敷にいることが信じられなかった。

多岐とも離ればなれになり、寂しかった。

ふと、最前の家老の曇った表情を思いだした。大和の国の山奥に謀略と奸計に長けた忍びの集団があると言う。文太がその一味という確証はない。だが、文太の動きを振り返ると、その一味であることが現実味を帯びてきそうだった。

今まで、懸賞金をかけたり、槍陰流の田村庄兵衛の仕返しなど、それぞれ独自にやったことだと思っていた。だが、浜松藩主水島忠光公が忍びの文太らを使って仕掛けてきたことらしい。

だとしたら、『遠州屋』の絹次郎があっさり手を引いたのが気になる。街道で待ち伏せしていた侍たちの背後に文太がいた。

やはり、妙だ。あっさり手を引きすぎる。それとも、平八郎を討つことは難しいとわかり、仕返しを諦めたのか。

いや、文太の存在が気になる。

おそらく、那須山藩を脱藩して江戸に向かう途中、平八郎の前に現われた男も文太の仲間ではないか。

仲間だとしたら、その後、平八郎の前に顔を出していない。顔を見られているから、平八郎に警戒されるだけだという理由で文太に代わったのだろうか。つまり、平八郎に姿を見られないように動いている……。

そう思ったとき、あっと思わず声を上げて体を起こした。

あの男、この領内に入り込んでいるのでは……。

そこで何かを企んでいる。平八郎はかっと目を見開き、闇の中を睨みつけていた。

五

翌日、高見尚三に連れられ、次席家老や年寄などの重役たちに挨拶をしてまわった。

昼過ぎには組頭などに会ったあと、三の丸の北部にある藩校に行った。儒学の高名な学者が招かれて藩校を取り仕切っているという。

寺子屋ふうの建屋と渡り廊下で結んで剣術道場があった。そこから木剣の激しく撃ち合う音が聞こえてきた。

尚三は道場に入った。大柄な四十歳くらいの侍が弟子に稽古をつけていた。

「あのお方が剣術指南役の的場格之助さまです」

尚三が耳打ちした。

入口付近に腰を下ろし、稽古が一段落するのを待った。

立ち合っていた若い侍が壁際に追い詰められて木刀を落とした。すぐに次の侍が立ち向かって行く。

的場格之助が木刀を下ろすのを待って、

「的場先生」

と、尚三は声をかけた。

格之助はぎょろりと目を向けた。

「このたび、我が家中の一員になりました松沼平八郎どのでございます」

尚三が平八郎に目をやって言う。

「このたび、当藩にお世話になることになりました松沼平八郎にございます」

平八郎は低頭して挨拶をした。

「的場格之助だ。そなたが松沼どのか」

格之助は冷たい目を向けた。

「はっ、よろしくご指導、ご鞭撻(べんたつ)のほどお願い申し上げます」

「いや、そなたに指導などおこがましい」

格之助の言葉に刺(とげ)が感じられた。

そうと察したのか、尚三はすぐに口を入れた。

「稽古の邪魔をして申し訳ありませんでした」

尚三は頭を下げ、立ち上がった。

平八郎もあとについて道場を出た。

「妙ですね」

尚三が呟いて、青空を見上げた。

「何がですか」

平八郎はきく。

「的場先生の態度です」

「…………」

仇討ちで、何人もの敵を斃したと評判が先行していた。このことから、剣術指南役にある者について懸念を持った。

敵愾心を抱くのは当然だと、平八郎は覚悟をしていた。その予感が的中しただけだ。

ただ、少し露骨だったという印象はあるが……。

「私は気にしていません」

平八郎は言う。

「いえ、普段はあのような物言いをするお方ではないので、ちと驚きました」

尚三は首を傾げた。

ふいに文太のことが脳裏を過った。

「高見どの。このあとのご予定は？」

「特にありませんが、何か」

「では、ご城下を案内していただけませんか」

「わかりました」

尚三は大きく頷いた。

大手門からまっすぐ伸びた通りを行き、町人地に入る。町の中は曲がりくねっている。

　賑やかな通りに出た。大店が軒を並べている。目抜き通りの途中に広場があった。広場の真ん中は高札場だ。

　数人の町人が高札場のそばにたむろしていた。

　平八郎は行き交う者たちに注意を向けた。

「松沼どの。なにやら険しい顔つき」

　尚三がきいた。

「申し訳ありません。じつは気になることがありまして」

「気になること？」

　尚三は不審そうな顔をした。

「ここでは」

　平八郎は首を横に振る。

　ふたりはさらに進むと、大きな寺が出てきた。

「藩主の菩提寺です」

　尚三は言い、さらに先に行くと、川に出た。

「川の向こうは盛り場です」

ふたりは橋を渡った。

橋の下を荷を積んだ船が通って行く。

川沿いに、料理屋がいくつか並んでいた。旅籠もちらほら見える。

「商人宿です」

商売でやってくるものや行商人、旅芸人などが利用する。それらに化ければ、やすやすと領内に潜り込める。

縄暖簾(なわのれん)の出ている呑み屋があった。

「そこに入りましょうか」

尚三が誘った。

「でも、話が出来ますか」

「二階の小部屋を貸してもらいます」

そう言い、尚三は縄暖簾をかきわけた。

出てきた亭主に、尚三はふた言、三言話し、平八郎に顔を向けた。

「空いているそうです」

尚三は奥の階段を上がった。

二階のとば口にある小部屋に入った。

「馴染みなのですか」

平八郎はきいた。

「兄のほうが。兄がこっちにいるときはよくいっしょに来ます」

酒が運ばれてきて、一口呑んでから、

「気になることをお聞かせ願えませんか」

と、尚三が切り出した。

「わかりました」

猪口(ちょこ)の酒を喉の奥に流し込んで、

「ご家老にはお話をしたのですが、浜松藩領内でこんなことが」

と、平八郎は『遠州屋』で起こったことを話した。

「その陰に、文太という男がいたのです。どうやら忍びらしいとご家老に話したら、大和の国の山奥に謀略と奸計を得意とする忍びの集団がいるとのこと。そして、私が那須山藩を脱藩したとき、道中で私を襲い、さらに江戸到着を遅らせようとした男がおりました」

その話をしたあとで、

「先ほどの剣術指南役の的場格之助さまの態度から、まさかとは思いますが、その忍びがこの領内に入り込み、的場さまにも何か……」

「何かとは？」

「私が的場さまに代わって剣術指南役になるとか、私がいかに野心家であるかのような触れ込みをしているのではと」

「的場さまがそんなことで惑わされるとは思いませんが」

尚三は首をひねりながら、

「ただ、同じ剣客として、松沼さまが持て囃されることは面白くないでしょうが……」

「そんな心情のところで、私が的場さまを追い落とし、剣術指南役になる気でいると聞かされたら。それも直にではなく、他の家臣から聞かされたら。忍びの者は的場さまに直接接触したのではなく、その周辺の者を騙して」

平八郎は想像を述べた。

「うむ」

尚三は唸った。

「しかし、敵の狙いはなんでしょうか。的場さまと松沼どのを対立させて何をしようというのでしょうか。まさか決闘をさせようと……。しかし、的場さまとて、殿がじきじきに招いた松沼どのに敵意を剝きだしにするとは思えないのですが。殿に歯向かうも同然」

　尚三は戸惑い顔になった。

「正直申し上げて、我が家中、すべてが諸手を挙げて松沼どのを歓迎しているわけではありません。松沼どのによって、仕事を奪われるかもしれないと恐れている者や、やっかみを持つ者などおります。そういう者たちに、松沼どのの悪口を吹き込めば素直に信じてしまうかもしれませんね」

　尚三は厳しい顔になった。

「ええ」

　平八郎は嫉妬ややっかみは当然あると覚悟していた。しかし、そこに悪意ある者が付け入ることまでは想像さえしていなかった。

「敵の狙いは……」

　平八郎は口にした。

「私を居づらくさせて藩から出て行かせることでは……」

「出て行かせてどうするのですか」

「浪人であればいつでも襲えます」

平八郎は溜め息混じりに言う。

「でも、ほんとうに忍びの者が暗躍しているかどうかわかりません。それとなく、的場さま周辺の方々にきいてみます。あと、町奉行所の与力に頼んで旅籠の客を調べてもらいます」

尚三は言う。

「お願いします」

平八郎は頼んだ。

尚三は徳利から猪口に酒を注ぎ、

「それにしても、そこまでやるものでしょうか。なにやら、病的な感じがします」

浜松藩主水島忠光公に疑問を向け、

「それほど、本柳雷之進は大事な家臣というより、もっと深い間柄だったというわけでしょうか」

と、信じられないように言った。

陽が落ちてきて、平八郎と尚三は呑み屋を出た。

橋を渡る。川沿いの料理屋の提灯の明かりが川面(かわも)に映っている。

ふと目の前を横切った男の顔が目に飛び込んだ。ひとに遮られ、一瞬にして視界から消えたが、江戸に向かう道中で襲ってきた商人ふうの男に似ていた。

播州美穂に来て五日経った。

平八郎は馬廻役で、護衛などで殿さまの身近に仕える役目であるが、肝心の藩主宗近は江戸にいる。

したがって、宗近が江戸から戻る来年四月までは平八郎は特にすることはなく、道場で剣術の稽古をつけることが当面の役目ということになった。

このことも、ますます的場格之助を不快にした感があったので、平八郎は何かと言い訳をして道場には行かなかった。

平八郎はもっぱらご城下をまわった。例の忍びと思われる商人を探した。

その日の夕方、屋敷で夕餉を済ましたあと、部屋に戻って文机に座って多岐に文を認めていると、女中が高見尚三の来訪を伝えた。

「ここにお通しを」

客間ではなく、尚三を自分の部屋に呼んだ。

ほどなく、尚三がやってきた。

平八郎は文机から離れ、尚三と向かい合った。

尚三の表情に屈託が表われていた。

「町奉行所の与力が報告に来てくれました。それによると、顔馴染みではない新しい行商の男が十日ほど前から『升屋』という旅籠に泊まっていました。毎朝、どこかに出かけ、夜遅く帰っていたそうです。どこに行っていたのかわからないのですが、あちこちの髪結い床に顔を出しては、平八郎どのの噂をしていたそうです」

「どのような噂でしょうか」

「江戸で仇討ちで評判になった松沼平八郎という侍がこの藩に剣術指南役として招かれたそうですねと、誰彼となく話しかけているんです」

「剣術指南役と口にしているのですか」

「ええ」

尚三は顔をしかめ、

「そのあとで、元からいる剣術指南役は御払い箱になってしまうんでしょうかと、わざわざ付け加えていたそうです」

「やはり、そんな噂を振りまいていたのですか」

平八郎は不快そうに眉をひそめた。

「呉服屋の客の男も同じような話を番頭にしていたそうです。また、武家屋敷に現われた薬売りも同じ話を」

「まわりまわって的場さまの耳に入ったのでしょうか」

平八郎は的場格之助はその噂を信じたのではないかと思った。

「私が同輩の者にきいたら、やはりこの噂話を知っていました。ですから、的場さまの耳にも入っているとみていいと思います。道場の中では、的場さまと松沼さまがどちらが強いのかという話で盛り上がっているそうです」

「そんなにあっさり噂が広まるものでしょうか」

平八郎は疑問を呈した。

「町の衆も、江戸での仇討ちを知っています。殿が興味を示したという話はたちまち下々にも伝わっておりましたから。その上に、そういう噂を吹き込んだのですから、枯れ木に火を放ったも同然」

「で、その行商の男は旅籠には？」

「もう引き払いました。その行商の男が忍びの者かどうかという証はありませんが……」

尚三は言葉を切り、

「仮にそうだとしたら、やはり、松沼どのが言うように、居づらくさせて藩から追い出そうとする狙いでしょうか」

と、厳しい表情できいた。

「ともかく、明日、的場さまに申し開きをしたいと思います」

平八郎は口にする。

「私もごいっしょします」

尚三は逸(はや)るように言った。

翌朝、平八郎と尚三は道場に赴き、的場格之助の部屋で向かい合った。

「的場さま。じつは昨日、思いも寄らぬ噂が流れていることを知りました。そのことで、ぜひ弁明いたしたくまかり越しました」

平八郎は切り出した。

「噂とは？」

格之助はきき返す。

「私が剣術指南役として招かれたという噂です。そのようなことはまったくありません。殿さまから剣術指南役という言葉さえ聞いてはいません」

平八郎ははっきりと言う。

「なぜ、わざわざ弁明をしに？」

格之助は冷やかにきいた。

「もし、噂を耳にされて、誤解されてはと思いまして」

「誤解か」

格之助は口元を歪め、

「しかし、火のないところに煙は立たぬという。噂になるのはそれなりの理由があるものだ」

「的場さま」

尚三が口をはさむ。

「じつは、わざとそういう噂を流した行商の男がいたのです。その男はあちこちで噂をばらまいていました。その男は謀略と奸計に長けた忍びの……」

「待て」

格之助が片手を上げて制した。

「噂をばらまいたというが、話の内容は満更作り話ではない。仇討ちで何人もの剣客を倒した松沼どのが藩に召し抱えられた。当然、いずれ剣術指南役になるのであろうという予測はつく」

「いえ、私にそんな気はありません」

平八郎はあわてて否定する。

「いや、そなたの気持ちを言っているのではない。端からそう見えて当然だ」

格之助は続ける。

「そして、わしと松沼どののどちらが強いか、と噂をし合うのも自然の成り行き。そんな噂にいちいち反応していてはよけいな神経を使うだけだ」

「はい」

平八郎は頷いた。

「また、剣術指南役にしても、それにふさわしい者がなるべきだ。仮に、そなたが望むならまずわしを倒してからだ」

「いえ、私は望みはしません」

「そなたが望まなくとも、殿がそう考えるかもしれない。たとえ、その場合でもわしを倒してからだ」

格之助は無表情で言う。

「わかりました。よけいなことを申し上げました。お許しください」

平八郎は頭を下げた。

「失礼いたします」

ふたりは道場をあとにした。

外に出て、尚三が顔を歪め、

「口ではああ言いながら、かなり噂を意識していますね」

と、言った。

「ええ、私もそう感じました」

平八郎はやりきれないように答える。

「敵の謀略は成功したのかもしれませんね」

尚三はそう言い、大きく溜め息をついた。

第四章　炎の中に消えて

一

その後、十月に入ってから何ごともなく十日ほど経った。

日は短く、草は枯れ、木々は葉を落とし、冷え冷えとした静かでどこか寂しい冬の風景が広がっている。

西の空が茜色に染まりだしていた。平八郎は高見尚三とともに家老の丸尾柿右衛門に呼ばれ、家老屋敷の客間で家老と向かい合った。

柿右衛門は暗い表情で、

「浜松藩主水島家から訴えが届いた」

と、切り出した。

「訴え？」

平八郎は胸がざわつき、

「どんなことでしょうか」

と、訊ねた。

「先の『遠州屋』での件だ」

柿右衛門は吐き捨てるように言い、

「『遠州屋』に絹次郎が江戸から戻っていることを知った松沼平八郎が乗り込んで、逆恨みから絹次郎を殺そうとしたが、用心棒の浪人に妨げられ、そのまま逃走。街道で追手の侍を蹴散らかして逃げた。だから、引き渡せというのだ」

と、説明した。

「ばかな」

平八郎は呆れ返ったが、

「最初からそういう筋立てのつもりで私を『遠州屋』に……」

と、怒りが込み上げてきた。

「ご家老。どうなさるおつもりで？」

尚三が身を乗り出してきいた。

「こんな子供だましの理屈など通用せぬ。撥ねつけた」

柿右衛門は憤然と言い、

「だが、向こうもこの程度のことで、我らが松沼平八郎を引き渡すとは思っていないだろう」

「ということは、さらに何か言ってくるということですね」

尚三が怒りから声を震わせた。

「おそらくな」

柿右衛門は渋い顔をした。

なぜ、これほど執念深いのだと、平八郎は呻いた。浜松藩主水島忠光公にとってそれほど本柳雷之進はかけがえのない男だったのか。

やはり、狙いは美穂藩から平八郎を追い出すことか。

「ご家老。私がいることで藩に迷惑がかかっては……」

平八郎が元から気にかけていたことだ。

「松沼平八郎。気にするな。殿の意向もあり、我が藩が浜松藩の無茶な要求に屈することはない」

柿右衛門は言い切る。

「しかし、巷（ちまた）に流れる噂」

平八郎が懸念を口にした。

「剣術指南役云々という噂か」

柿右衛門は顔を歪め、

「的場格之助はばかではない。そんな噂に踊らされる男ではない」

と、言った。

「そうですが、的場さまは……」

尚三はあとの声を呑んだ。

「なんだ？」

柿右衛門が尚三の顔を見た。

「いえ」

「胸にためておかず、正直に言うのだ」

「はい」

ならばと、尚三は続けた。

「的場さまは噂に関わらず、松沼どのが剣術指南役になるという話にいずれなると考えているようです。それに」

尚三は言い淀んだ。

「的場さまと松沼さまのどちらが強いのかという関心が高まるとお考えのようで、それはひとびとの人情でいたしかたないと」

「もともとそういう考えの持ち主なのであろう」

「はい。しかし、噂が後押しをしているように思えます。つまり、敵の謀略が効いているように思えます」

「…………」

柿右衛門は押し黙った。

「松沼どのに剣術指南役をとって代わろうという気持ちはありません。ご家老から、剣術指南役を変えるつもりのないことをはっきり的場さまにお伝え願えませんでしょうか」

尚三は訴える。

柿右衛門は溜め息をつき、

「わざわざ改めて告げることこそ、敵の謀略にはまるということだ」

と、厳しく言う。

「しかし、的場さまと松沼どのが対立したら、家中の者は的場派と松沼派に分かれましょう。そして、雌雄を決することになったら、そこからまた大きな対立が起きかねません。もし、松沼どのが勝ったら、的場派の者たちは松沼どのに逆恨みをして……」

「考えすぎだ」

「しかし、敵はさらなる謀略を仕掛けてくるやもしれません」

「町奉行所に他国からの侵入者を取り調べるように命じてある。もう、好きなようにはさせぬ」

柿右衛門は言い切った。

「松沼平八郎。浜松藩からの要求に屈することはない。安心して、美穂藩のために尽くすように」

「はっ」

平八郎は頭を下げた。

ふたりは家老屋敷を出た。

すっかり暗くなっていた。町のほうに出て、川を越えた。ふたりとも口数は少なかった。平八郎はそうだが、尚三も浜松藩の抗議のことが頭の中を占めているようだった。

いつの間にか、先日の呑み屋の前に来ていた。どちらからともなく、ふたりは縄暖簾をくぐった。

二階の小部屋で、酒を酌み交わしながら、

「どうも敵の狙いは的場さまのようだ」

と、尚三は呟き、

「的場さまと松沼どのの対立を煽っている」

と、目を剝いた。

「もし、的場さまと試合をしなければならなくなったら……」

平八郎はふと口にした。

周囲の声で、そうせざるを得ない状況がうまれ兼ねない。もちろん、真剣ではなく、道場にて木刀での立ち合いだ。だが、そこでの敗者が受ける傷は真剣での場合と何ら変わらない。特に、的場格之助にとっては敗れれば、剣術指南役失格の烙印(らくいん)を押されるも同然かもしれない。

平八郎が勝ったら遺恨が……。

「高見どのが懸念したことが現実のものになるかもしれない」

平八郎は胸をかきむしるように言う。

「敵の狙いはそこかも」

尚三が気がついたように、

「おそらく、ふたりが試合をしたら、松沼どのが勝つでしょう。そうなったら、的場さまは逆恨みをし、暗殺などを企てるかもしれません。それに対して、松沼どのが応戦したら、同じ家中の者を斬ることになります」

「………」

平八郎は息を呑んだ。

「もし、試合をせねばならなくなったら、松沼どのは負けるしかありません」

尚三は言い切り、

「わざと負けることの屈辱はわかりますが、そうするしか他に道はないでしょう」

と、付け加えた。

「いえ、それは出来ません」

「なぜ、ですか」

「殿さまは私の剣の腕を買って仕官させてくれたのです。私が敗れたら、殿の顔を潰すことになります」

「…………」

尚三は返答に詰まった。

「ともかく、試合をしないようにすることが一番です。なんとしてでも、そういう事態にならないように」

平八郎はそう願うしかなかった。

数日後、朝餉のとき、給仕をしていた女中が、

「他のお屋敷のひとから、旦那さまは剣術指南役の的場さまと試合をするのかときかれました」

と、口にした。

平八郎は聞きとがめ、

「そんな噂があるのか」

と、確かめた。

「はい。剣術指南役の座をかけて試合をすると」

平八郎は唖然とした。

懸念していた方向に事が向かっている。

平八郎は屋敷を出て、高見尚三の屋敷に行った。

尚三の妻女が出てきた。

「今朝早く、ご家老さまに呼ばれて出かけました」

「そうですか。では、お帰りなさいましたら私が来たとお伝えください」

「畏まりました」

尚三の屋敷を出て、自分の屋敷に戻った。

自分の部屋の濡縁に出て庭に目をやる。

庭の草木も冷え冷えとし、冬の到来を実感させた。

先日、多岐から文が届いた。元気のようだった。道場の門弟も増え、三上時次郎もすっかり道場主らしい風格が出てきたと記されていた。ときたま、高見尚吾が顔を出して、いろいろな話をしていくようだった。

「旦那さま、高見さまがお見えです」

弟の尚三だ。

「ここにお通しして」

「はい」

平八郎は部屋に戻った。

「失礼します」

尚三がやってきた。

「わざわざすみません」

平八郎は詫びた。

「いえ。こちらこそ出かけてまして」

ふたりは差し向かいになった。

「女中から聞きました。私と的場さまが剣術指南役の座をかけて試合をするという噂が流れていると」

平八郎は待ちきれぬようにきいた。

「お耳に達しましたか」

尚三は否定しなかった。

「ほんとうなんですね」

「日ごとに的場格之助と松沼平八郎はどちらが強いのかと、家中で盛り上がってきているようです。しかし、剣術指南役の座をかけて試合をするというのは、忍びの者が言いふらしたのでしょう」

「忍びの者はまだ領内にいるのですね」

平八郎は唖然とした。

「いるようです。町奉行所の与力も旅籠以外に隠れ家があると見て調べていますが……」

「的場さまとの試合を回避するように早く手を打たないと。それこそ、敵の狙いどおりになってしまいます」

平八郎は焦りを隠せなかった。

「じつは、今朝、そのことでご家老から呼出しが」

尚三は言う。

「そのことで？ まさか的場さまが何か……」

胸が早鐘を打った。

「昨夜、的場さまがご家老に直談判にこられたそうです。噂が広まり、もはや収拾がつかない。そこで、松沼どのと勝負をしたいと」

「なんと」

最悪の事態に向かっていると、平八郎は思わず拳を握りしめた。

「的場さまは、殿さまが剣術指南役として松沼どのを招聘（しょうへい）したのではないかと疑っております。そこに噂が広まったので決着をつけないと立ち行かないと。相当な覚悟だったようです」

「で、ご家老は？」

「木刀ではなく竹刀でならと、的場さまの申し入れをお聞き入れに」

　平八郎は溜め息をついた。木刀だと場合によっては相手の骨を砕くことがあるが、竹刀ではそれはない。しかし、問題は怪我をするかどうかではない。勝者と敗者が出ることだ。

「私は殿さまのお声がかりにて仕官した身です。殿さまの許しなく、的場さまと立ち合うことは出来ません。ぜひ、殿さまの許しを得るまで待ってもらうようにご家老にお願いしていただけませんか」

　江戸にいる殿に早飛脚で文を送って返事がくるまで立ち合いを引き延ばせる。また、立ち合うことはならぬという返事もあり得る。そういう期待を込めて、頼んだのだ。

「そのことはご家老も承知です。ただ、この立ち合いは正式なものではなく、稽古の一環として道場で行うものであり、剣術指南役の座をかけての立ち合いではないので、殿への報告は不要だとお考えのようです」

「しかし、的場どのは剣術指南役の座をかけているはずです」

「松沼どの。ご家老も、他の重役の方々も、内心では松沼どのの力を見たいのです。それには的場さまと立ち合うのが一番」

「高見どの」

平八郎は唖然として尚三の顔を見た。

「松沼どの。許してください。ご家老は的場さまと立ち合うように松沼どのを説き伏せるように命じられたのです」

尚三は正直に言った。

殿がここにいてくれたらと、平八郎は悔やんだ。殿の許しがあれば、わざと負けることは厭(いと)わない。

だが、このまま負けるわけにはいかないのだ。殿の目は節穴だと思わせるような真似は出来ない。

ただ、平八郎が勝った場合、的場格之助を信奉する者たちが仕返しを図ることが考えられるのだ。同じ藩の者を斬らねばならなくなったら、平八郎は播州美穂藩に身の置き所がなくなる。

これが忍びの文太たちの狙いだ。その謀略にすっかりはまってしまっていることに、平八郎は慄然とする思いだった。

二

翌日、平八郎は的場格之助の屋敷を訪れた。

きょうは非番で、格之助は屋敷にいた。玄関に立つと、前髪がとれたばかりと思える十四、五歳の男が出てきた。格之助の嫡男だろう。

「松沼平八郎と申します。的場さまにお会いしたいのですが」

「少々お待ちください」

嫡男は奥に引っ込み、すぐ戻ってきて、平八郎を玄関脇にある客間に案内した。

「的場さまの御嫡男どのですか」

平八郎は訊ねた。

「はい。格太郎(かくたろう)にございます。よろしく、お願いいたします」

格太郎は丁寧に頭を下げた。

「こちらこそ」

平八郎も頭を下げる。

格太郎と入れ代わるように、的場格之助がやってきた。

目の前に座り、じろりと平八郎を睨みすえた。

「申し訳ありません。突然、訪ねまして」

平八郎は詫びたあと、

「昨日、ご家老より的場さまと竹刀にて試合を行うように命じられました」

と、切り出した。

家老の丸尾柿右衛門から明日の昼、道場にて立ち合うようにと命じられた。こちらの訴えは一切聞き入れられなかった。

「うむ、決まったのだ」

格之助は頷く。

「試合をご辞退させていただくわけには参りませんでしょうか」

「なに、辞退だと」

格之助は目を剝き、

「何を今さら。そんなことは無理だ」

「なぜでございますか」

「そもそもはそなたが次期の剣術指南役として仕官したことからはじまっているのだ」

「私は殿さまからそのような話は聞いていません」

「殿はそのつもりだ」

「違います。お聞きください。これは忍びの者が」

「待つのだ。あれやこれやと言ったところで何になろう。今や、家中の者はわしとそなたのどちらが強いかという話題で持ちきりなのだ。今さら、引き返せぬ。堂々と立ち合おうぞ」

「せめて、日延べを。殿さまにお伺いを立ててから」

「見苦しいぞ」

格之助は露骨に顔を歪めた。

「引き上げてもらおう」

とりつくしまがなかった。平八郎は止むなく引き上げた。


翌日、道場には壁際に門弟が並び、正面の上座に家老の丸尾柿右衛門、それに次席家老ら重役連中も並んでいた。

平八郎と的場格之助はお互いに面をつけ、胴着を身につけ、向かい合った。あくまでも、稽古の一環という建前だが、道場内は凄まじい緊張感に包まれていた。

大勢が見守っていながら、しわぶきひとつない。

お互い腰を落とし、竹刀を向ける。

審判役の師範代の合図により、試合ははじまった。平八郎はすでに格之助の気が充実していることを見抜いていた。

案の定、開始の合図と同時に格之助は打ち込んできた。平八郎も受けてたち、竹刀が激しくかち合う音が道場内に鳴り響いた。

そして、格之助の竹刀が平八郎の胴に向かってきた。平八郎はあえてよけず、竹刀を相手の小手に当てた。

「一本」

審判が格之助のほうに手を挙げた。

面の下で格之助が微かに笑ったのがわかった。

二本目は平八郎は積極的に攻め、格之助を壁に追い込んだ。苦し紛れに打ち込んできた相手の面を打った。

格之助はよろけて、倒れそうになるのをようやく踏ん張った。

一対一になった。

いよいよ三本目だ。勝ってはならない。が、負けるわけにもいかない。引き分けを狙うしかなかった。

三本目は激しく打ち合ったが、勝負はつかなかった。いや、つけなかった。打ち込む機会は何度かあったが、あえて踏み込まなかった。

やがて、格之助の息が荒くなってきた。これ以上続けても無駄だと、平八郎は思った。

審判が両者の間に入った。

「これまで」

両者は離れ、向かい合い、そして一礼した。

それから、上座にいる家老のほうに向かって頭を下げた。

「ふたりとも、見事である」

柿右衛門は讃えた。

道場の隅で、平八郎は面をとり、小手を外した。

面をとった格之助の額に汗が出ているのを見ていた。

「松沼どの、うまくことを納めましたね。これで、的場さまの面目もたちましょう」

尚三が小声で言う。

「だといいのですが」

平八郎は呟くように言った。

夕方に、平八郎は尚三とともに盛り場に行き、いつもの呑み屋の二階に上がった。

酒を呑みながら、やはり尚三は的場格之助との勝負を話題にした。

「もし、松沼どのが本気でやっていたら、どうなりました？」

尚三がきく。

「いつでも私は本気ですよ」

平八郎は静かに答える。

「二本目は松沼どのが圧倒していました。なぜ、あの勢いが一本目から出なかったのですか」

「最初は的場さまは私の動きを封じ込めていました。二本目は、一本とったという油断があったのでしょう」

「でも、三本目は打ち込む機会は何度かあったように思えるのですが」

「思うようにいかないものです」

平八郎はあくまでもまっとうに立ち合ったと話した。

「まあ、いいでしょう」

尚三は笑みを浮かべ、

「じつは兄から文が届きました。すでに江戸を発ち、こっちに向かっているそうです」

「尚吾どのが？」

「はい。五日後に着くようです」

「何かあったのでしょうか」

平八郎は微かに胸がざわついた。

「その後、浜松藩からの要求はあったのでしょうか。ご家老から何も聞かされていませんが、またぞろ何かを言ってきているのでは？」

『遠州屋』でのでっちあげをもとに、平八郎を引き渡すようにとの無茶な申し入れに対して、家老の丸尾柿右衛門は断固たる態度で臨んだ。

それに対して、浜松藩からどのような反応があったのか、あるいはなかったのか、知らされていなかった。

「高見どのは聞いているのでは？」

平八郎は問い詰めるようにきいた。

尚三は猪口の酒を呑み干し、

「同じ要望が江戸の上屋敷にもあったようです」

「殿のところにも？」

「そうです。そのことで、兄は急遽、こちらにやってくることになったのでしょう」

「………」

高見尚吾がやってくるのは宗近公の名代としてだろう。

「何かあったようですね」

平八郎は胸が締めつけられた。よほどのことがあったのだ。

「兄が来てくれたら心強いです。殿の意向も汲んでのことです。期待が持てます」

尚三は安堵していた。

しかし、平八郎は穏やかではいられなかった。何か不穏な空気が自分を包んでいるような予感に襲われていた。


呑み屋を出て、外濠の通りまでやってきた。夜風は冷たい。柳の葉も枯れはじめ、冬の気配が色濃くなってきた。

途中で、尚三と別れ、平八郎は自分の屋敷に向かった。

人通りも絶えて通りの前方に黒い影が動いた。平八郎は警戒しながら近づく。

向こうも歩いてきた。暗がりから姿がはっきりした。

平八郎はあっと声を上げた。

「的場さま」

的場格之助だった。

「付き合ってもらおう」

格之助は言い、勝手に歩きだした。

戸惑いながら、平八郎はあとを追う。

「的場さま、どちらへ？」

平八郎は声をかける。

格之助は返事をせず、黙って先を行く。しかたなく、平八郎はついて行った。

小さな神社の前にきた。立ち止まって振り返り、格之助は平八郎を確認して神社の
脇の木立の中に向かった。

その背中から殺気のようなものを感じた。

「的場さま」

平八郎が声をかけると、格之助は足を止めた。

平八郎も立ち止まり、

「申し訳ありません。この先にはいけません」

と、はっきり言う。

「なら、ここでいい」

格之助は険しい顔で、

「松沼平八郎。わしの目を節穴だと思うのか」

と、いきなり口にした。

「何のことでしょうか」

「今日の試合だ。そなたはわざと負けた」

「いえ、そんなことはありません」

「竹刀の勝負だと、その懸念があったから木刀での立ち合いを望んだ。しかし、道場剣法では技量はわからぬ。改めて、そなたと真剣にて勝負したく待っていた」

興奮しているのか、格之助の声が震えを帯びていた。

「なぜ、そこまで」

平八郎は戸惑いながら言う。

「武士としての矜持だ。殿がそなたをわしの後釜にしようとしていることは知っている。殿への抗議でもある」

「殿さまはそんなつもりはありません。的場さまの誤解です」

「そなたは知らされていないだけだ。殿はそのつもりでそなたを仕官させたのだ」

格之助は言い切る。

「なぜ、わかるのですか。その話、どなたからきいたのですか」

「誰でもいい」

格之助は羽織りを脱いだ。

「ここで勝負だ」

格之助は刀の柄に手をかけた。

「お待ちください。私は的場さまと立ち合うことを望んでいません」

「いくぞ」

格之助は抜刀した。

「お待ちを」

平八郎はてのひらを向けて制する。

「抜くのだ」

「どうか、お許しを」

「虚仮にされて黙っていられるか。今日の試合、見るものが見れば、そなたがわざと負けたとわかる」

そう言うや否や、格之助の鋭い剣が襲ってきた。身を翻すだけでは避けられない。

平八郎は思わず刀を抜いた。

激しく格之助は斬り込んできた。平八郎は応戦した。身を守ろうとするだけでは格之助の激しい攻撃を防ぎきれない。だが、反撃すればどちらかが手傷を負う。

平八郎は神社の塀に追い詰められた。

そのとき、人声がした。提灯の明かりが見えた。神社に夜参りにきた者のようだ。

格之助は刀を引いた。

「改めて、勝負だ。日時、場所は改めて知らせる」

そう言うや、格之助はその場から去って行った。

平八郎は啞然としてその背中を見送った。

三

ふつか後の朝、高見尚三は家老に呼ばれ、家老屋敷に赴いた。

柿右衛門の部屋に通されると、兄の尚吾が家老といっしょにいた。到着はまだ先だと思っていたので驚いた。

「兄上」

尚三は懐かしさと同時に、なにかただならぬ空気を感じていた。それは、柿右衛門も兄も厳しい顔つきだったからだ。

「尚三、ここに」

兄の尚吾は、自分の脇を示した。

尚三は尚吾と並び、柿右衛門に顔を向けた。

「何か、ございましたか」

尚三はきいた。

「困った事態になった」

柿右衛門が暗い顔で言った。

「何があったのでしょうか」

尚三は身を乗り出した。

「私から」

尚吾が言い、尚三に顔を向けた。

「留守居役の岩本勘十郎(いわもとかんじゅうろう)どのが寄合の席で耳にした。老中の水島出羽守さまが三方領地替えを考えていて、我が藩が目をつけられているそうだ」

「三方領地替え？」

尚三がきき返す。

「三家の大名の領地替えだ。当藩は越後のほうに領地を替えるという案があるそうだ」

幕府はときたま大名の領地を替えようとする。

「この地から去るということですか」

尚三は憤然と言う。

「そうだ」

「とんでもない。この地から出て行くなんて」

「まだ、決定したわけではない」

「逃れる手立てはあるのですか」

尚三はきいた。

「背後に浜松藩がいる」

柿右衛門が口をはさんだ。

「浜松藩が？」

「岩本どのが出羽守さまのところの留守居役にきいたところ、浜松藩が老中に訴えたそうだ。浜松藩領内で狼藉(ろうぜき)を働いた松沼平八郎を匿っている播州美穂藩に制裁を加えてもらいたいと」

「なんと」

尚三は目を剝いた。

「領地替えを思いなおしてもらうために、鍵を握るのは松沼平八郎だ」

尚吾が言う。

「まさか、松沼どのを追い出すと？」

尚三は思いがけないことに声が震えた。

「いや」

柿右衛門は首を横に振り、

「引き渡せば、すぐに処刑される。藩から追い出せば、刺客につけねらわれ、いつか命を落とすことになる。殺されるのがわかっていて追い出したとなれば、我が藩は家臣を守らない冷酷な藩だと非難されよう」

と、やりきれないように言う。

「では、今のまま」

「それは無理だ」

柿右衛門は言い切った。

「松沼どのに死んでもらうしかない」

尚吾も言い切る。

「死んでもらう？」

尚三は耳を疑った。

「領地替えから藩を護（まも）り、また藩に汚名がつけられるのを防ぐためにはそうするしかないのだ」

「兄上、なんということを」

尚三は憤然として、

「松沼どのに藩のために死んでくれというのですか。仕官してひと月も経っていないひとに対して死ねと命じるのですか。おいそれと死ぬはずはありません」

「そうだ、頼んだところで死ぬはずはない」

「まさか……」

尚三は息を吞んだ。

柿右衛門も尚吾も口を閉ざした。

「正直に仰ってください。松沼どのを殺すつもりなのですね」

「そうだ。それしか道はない」

尚吾は冷たい声で言った。

尚三は一瞬目が眩んだ。

「このことは殿のご意向でもある。殿の命を受け、江戸から急遽やってきたのだ」

「承服出来ません」

尚三は叫び、立ち上がった。

「松沼どのに逃げるように伝えます」

そう叫び、部屋を出て行こうとした。

「待て、尚三」

尚吾が呼び止めた。

「逃げたら、松沼どのはいつまでも刺客に追われ続けるのだ。浜松藩領内では狼藉を働いたことになっている。逃げ場はない。そんな暮らしを松沼どのにさせるつもりか」

「…………」

尚三は息が詰まりそうになった。

「松沼どののことだけではない。我が藩は浜松藩から引き渡しを要求された者を逃がしたということで制裁を受けるだろう。領地替えを甘んじて受けるのか。それだけではない。慣れ親しんだこの地を離れ、見知らぬ土地での暮らしを甘んじて受けるか。

領地は減らされるに違いない」

尚三は握った拳を震わせた。

「戻れ」

尚吾の声に、尚三は力なく元の場所に戻った。

「尚三、そなたの気持ちはよくわかる。わしとて、同じ思いだ」

柿右衛門が苦しげに続ける。

「松沼平八郎にしたら理不尽極まりないことだ。すべての元凶は浜松藩藩主の水島忠光公だ。寵愛した家臣が討たれて逆上してしまったことが原因だ。意見の出来る家臣がいないことも忠光公には不運だった。が、同時に松沼平八郎にはとんだ災難だった。ともかく、忠光公の松沼平八郎憎しは尋常ではない」

柿右衛門は息を継ぎ、

「忠光公の息のかかった者の手にかかるより、せめて我らの手で松沼平八郎を成仏させることが本人のためにもいいと、殿も仰せだ。そして、そのほうが我が藩の面目も立つ」

「………」

尚三は胸の底から込み上げてくるものがあった。

平八郎とは同い年で、わずかな付き合いだったが気が合った。生涯の友に巡り合えたという喜びもあったのだ。

それがこんな形で終わるとは……。尚三は思わず嗚咽を漏らした。

「尚三。我らの手で死なせてやることが本人のため。その思いで、松沼どのの命を……」

尚吾の声に尚三の胸は締めつけられた。

尚三の嗚咽が治まるのを待って、柿右衛門は口を開いた。

「さて、実行だが」

具体的な話になっていった。

「松沼平八郎の命を奪うのは的場格之助が適任だ。だが、道場で竹刀での試合を見たが、やはり腕は松沼のほうが上だ。対等に闘っては的場に分はない。そこで、的場に援護の者をつける」

尚三は耳を塞いでいたかった。平八郎を討つ段取りをつける話し合いなどに加わりたくなかった。

「恐れ入ります」

尚三は口をはさんだ。

「お話は私も止むを得ないものと理解いたしました。でも、その実行に私は加わるのは御免願いたいと思います」

　下がろうとして、また尚吾が引き止めた。

「尚三」

　尚吾が厳しい顔を向けた。

「そなたには働いてもらわねばならぬのだ」

「私に何を？」

　尚三は怯えた。

「松沼平八郎を斃すには尋常の態勢ではだめだ。近郷の大辻村に歴代の藩主の別邸だった屋敷がある。古くなり、建て替えが予定されている。ここに、松沼平八郎を誘う」

　柿右衛門が言う。

「そこで襲うのですか」

「そうだ。そこに的場たち討ち手を忍ばせておき、襲わせる」

「私は何を？」

　尚三はおそるおそるきく。

「松沼平八郎を別邸まで案内してもらいたい」

「私がですか」

尚三は目を剝いた。

「そうだ。それはおまえの役目だ」

尚吾が強い口調で言う。

「私には出来ません」

尚三は叫んだ。

「やるんだ。おまえしかいないのだ」

尚吾は諭すように、

「ほんとうはおまえが松沼どのに止(とど)めを刺すのが望ましいのだ。それが松沼どのにとっても死を受け入れやすい。的場さまに斬られるより、そなたに命をとられるほうが納得して死んでいけるはずだ」

「こじつけです」

尚三は反論した。

「目の前のことから目を逸(そ)らすのではない。松沼どのを友と思うなら、他の者に殺させるのではない。友のために自身の手で息を止めてやる。それだけの覚悟を持て」

尚吾は言い、最後に付け加えた。

「殿の命令だ」

尚三は体が一瞬震えた。もはや、言い逃れることは出来なかった。

その夜、尚三は徳利を下げて平八郎の屋敷を訪れた。

平八郎の部屋で向かい合い、

「灘の酒をいただいたので、いっしょに呑もうと思って」

と、尚三は徳利を差し出した。

「ほう」

平八郎はにこりと笑い、手を叩いて女中を呼んだ。

やってきた女中に徳利を渡し、

「燗をつけて。それから、つまみも頼む」

と、言いつけた。

女中が徳利を持って下がったあと、

「尚吾どのは三日後にお着きになるのですね」

と、平八郎はきいた。

「じつは今朝着きました」

「もう着いたのですか」

「ええ」

「どんな用件でこちらに？」

平八郎は気にした。

「まだ、私には何も」

尚三はごまかした。

「いったい何があったのでしょうか」

平八郎は表情を曇らせた。

尚三は胸が痛んだ。

「それで、兄は明日の夕方、松沼どのに会いたいと」

「私もお会いしたい」

「近郷の大辻村に歴代の藩主の別邸だった屋敷があります。そこに来ていただきたいと、兄は申しています」

良心の呵責（かしゃく）から、つい息が荒くなった。

「そのようなところで？」

平八郎が不審そうな顔をした。

「殿から授かった言葉を告げるのはその場所がふさわしいと、兄は申していました」

「そうですか」

平八郎は厳しい顔になった。

銚釐（ちろり）に入れた酒が運ばれてきた。

酒を酌み交わしていると、

「早いものでここに来てひと月。暮らしに何の支障もなく過ごせたのも高見どののお蔭です」

と、ふいに平八郎が口にした。

「いえ、私などどのぐらいお役に立てたか」

「この地が気に入り、妻を江戸から呼ぶのも楽しみにしていたのですが」

平八郎は妙な言い方をした。

「どういうことですか」

尚三ははっとしてきいた。

「じつは、いろいろ考えたのですが」

平八郎は猪口の酒を呑み干して、

「じつは、一昨日の夜、的場さまから真剣での勝負を申し込まれました」

と、打ち明けた。

「真剣で？」

尚三は唖然とした。

「どちらが勝っても、負傷、あるいは命を落とすことになりましょう」

「…………」

「私が勝てば、門弟の中に私を仇と狙う者も出てくるかもしれません。浜松藩からの風当たりもかなり強くなっているようですし、これ以上、私がいたのでは藩に迷惑がかかります」

「松沼どの、何を仰いますか」

そこまで追い込まれていたのかと、尚三は胸をかきむしりたくなった。

「高見尚吾どのにお会いしてはじめて打ち明けるつもりでしたが、私はこの地を去ることにしました」

平八郎は顔を苦しげに歪ませた。

「この地を去る？　藩をやめるというのですか」

尚三はきき返す。

「はい。それしか術はありません。おそらく、兄上どののもそのことを私に告げるためにやってきたのではないでしょうか。殿のご意向を告げるには藩主の別邸はふさわしいかもしれません」

「…………」

尚三は声を失っていた。

「高見どのにはほんとうによくしていただきました。感謝しています」

「私は生涯の友と巡り合えたと思っていたのに……」

尚三はやりきれなかった。

翌十月二十日の夕七つ（午後四時）、尚三は平八郎とともにご城下を出て、やがて海沿いの道に出た。海岸には塩田が続き、片側は田畑が広がっている。

やがて、こんもりとした杜に入った。そこを過ぎると、開けた場所になり、藩主の別邸が見えてきた。

築地塀（ついじべい）で囲われた広大な敷地の中に、こぢんまりとした屋敷が見えた。

門を入り、玄関に向かう。

若い侍が迎えに出てきた。

「奥で、高見尚吾さまがお待ちです。お腰のものを」

平八郎は大刀を若い侍に預けた。

「松沼どの」

尚三は土間に立ったまま、

「私はここで」

と、声をかけた。

思わず、目に涙が滲んであわてて俯（うつむ）いた。

平八郎が不思議そうに見た。

何か言いたそうだったが、若い侍に促されて、平八郎は奥に向かった。

尚三は深々と頭を下げて平八郎に別れを告げた。

背後でひとの気配がした。

たすき掛けに鉢巻きをし、股立をとった侍たちが集まってきた。その先頭に、的場格之助がいた。

格之助は侍たちを二手に分けて、その場に待機をさせた。

尚三は裏にまわった。池がある。その縁を通って屋敷をまわると、行灯が灯り、縁側の障子が少し開いている部屋があった。池の横にある石灯籠の陰から部屋を見た。

兄の尚吾が平八郎と向かい合っていた。

遠くてふたりの話し声は聞こえないが、かなり深刻そうな様子なことはわかった。

四半刻（三十分）後、的場格之助をはじめとしてたすき掛けの侍たちが現われ、縁側から少し離れた場所で立ち止まった。残りの半数は反対側にまわったのだろう。

さらに、四半刻近く経ち、西の空に夕焼けが見えた。辺りは暗くなっていた。

障子が開き、兄尚吾が出てきた。

兄が合図を送った。

格之助が掛け声をかけた。侍たちが一斉に動き、縁側を駆け上がり、部屋に雪崩込んだ。

平八郎は腰の脇差だけだ。平八郎は奥に逃げたようだ。

尚三は居たたまれず、その場から離れた。

逃げるように門を飛び出した。途中、道端の石地蔵の脇にある大きな石に腰を下ろした。

胸が締めつけられた。のたうちまわりたいほどの苦痛が押し寄せてきた。平八郎を見殺しにした自分に激しい怒りを持った。

ふと、東の空が明るくなったような気がした。そっちに目を向けた。

あっと、尚三は叫んだ。炎が上がっていた。藩主の別邸だ。

尚三は駆け戻った。

兄の尚吾や的場格之助が燃える屋敷を見ていた。

「兄上」

尚三は駆け寄り、声をかけた。

「争っている最中に行灯を倒したのだ」

暗くなった夜空に炎は高く上がった。

「松沼どのは？」

「的場さまが仕留めた」

尚吾ははっきり言った。

尚三は胸が詰まった。

「藩主の別邸で荼毘に付され、松沼平八郎は本望だろう」

勝手な言い草だと思ったが、そう思わないとやりきれないのも事実だった。

近在の百姓たちが集まって遠巻きに見ている。中に忍びの者も紛れ込んでいるかもしれない。

やがて、火の手は小さくなっていた。

提灯をつけて、兄たちは焼け跡を調べた。

侍のひとりが叫んだ。

「おりました」

兄といっしょに尚三も駆けつけた。

黒こげの亡骸が庭に引っ張りだされた。

顔の判別はつかないほど焼け焦げていた。尚三は手を合わせた。

「尚三。よいか、松沼平八郎は病死として始末する」

「病死？」

「そうだ、松沼平八郎の屋敷の者にも外出先で急病で倒れ、医者に運ばれたが手当ての甲斐なく亡くなったと」

「亡骸のことは？」

「藩で始末すると。よいな」

尚吾は念を押す。

「わかりました」

「それから、そなたにもう一つ頼みがある」

尚吾は鋭い声で言う。

「何でしょう」

「江戸に行ってもらいたい」

「江戸へ？」

尚三はきき返す。

「松沼どのの妻女どのに知らせてもらいたいのだ。松沼どのは急の病にて亡くなったと」

尚吾は当たり前のように言う。

「なぜ、私が？」

「松沼どのは妻女どのへの文で、そなたに世話になっていることを記していたそうだ。もっとも親しかったそなたが知らせに行くことが妻女どのへのなぐさめにもなろう」

「なれど、辛すぎます」

尚三は訴えた。

「そなたには酷なことだとわかっている。だが、そなたしかいないのだ。たとえわずかな期間であっても、松沼どののこちらでの暮らしぶりを話すことが出来るのは」

尚三には平八郎を見殺しにしたという負い目があった。平八郎に思い残すことがあれば、それは妻女のことであろう。

平八郎への詫びのためにも自分が妻女に告げるべきだと思った。

「わかりました。では、平八郎どのの葬儀が終わったら出かけます」

「いや、葬儀のことは俺が取り仕切る。そなたは明日にでも出発するのだ」

「………」

「江戸に着いたら、殿に松沼どのの最期の様子をお話しし、それから妻女どのに会うのだ。妻女どのの住いはあとで知らせる」

尚三は落ち着いて考える間もなく、兄の言いつけに従った。

・

木々の葉も落ち、北風が吹きすさぶ中、高見尚三は江戸に着き、木挽町にある上屋敷に入った。

表長屋の空いている部屋に落ち着いたあと、対面の間で宗近公の前に控えた。

「去る十月二十日、松沼平八郎どのは大辻村の別邸にて落命いたしました」

尚三はその経緯を語り、

「別邸は火事になり、焼け落ちました」

と、話した。

「うむ。無事に事は成ったか」

宗近はしばし目を閉ざした。

「明日、松沼どのの妻女には病死したと知らせに参ります」

「ご苦労だが頼む」

「はっ」

尚三は頭を下げてから、

「私は松沼どのを生涯の友を得た思いでおりました。残念でなりません」

と、思いの丈を訴えた。

「こうするしかなかったのだ」

宗近も表情を曇らせ、

「松沼平八郎に刺客から付け狙われる日々を送らせるわけにはいかなかったのだ」

「わかっております。なれど」

尚三はまたも胸の底から悲しみが込み上げてきて、思わず嗚咽をもらした。

「申し訳ありません。見苦しいところを」

あわてて尚三は詫びた。

「そなたの気持ちは松沼平八郎にも届いているはずだ」

「はい」

「長旅で疲れていよう。ゆるりと休め」

はっと頭を下げ、尚三は下がった。

翌日の朝、尚三は兄尚吾から教えてもらった飯倉四丁目の小井戸道場に、平八郎の妻女多岐を訪ねた。

客間で多岐と会った。切れ長の目をし、鼻筋も通り、美しい顔だちだった。

「私は高見尚吾の弟で、尚三と申します。松沼平八郎どのとは播州美穂藩の国許で親しくさせていただいておりました」

「うちのひとの文に、あなたさまのことが触れてありました。とても気が合うのだとか」

多岐は微笑んだ。

その笑顔に、尚三は胸が痛んだ。

「どうか、驚かれないように、心を落ち着かせてお聞きください」

尚三の言葉に何かを察したのか、多岐の顔から笑みが消えた。

「平八郎どのは去る十月二十日、急な病にて……」

声が詰まった。

「急な病で、どうかしたのですか」

多岐が声を震わせた。

「お亡くなりになりました」

「今、なんと」

多岐の顔が青ざめた。

「平八郎どのはお亡くなりに……」

「そんな」

多岐は首を横に振り、

「嘘です、何かの間違いです」

と、叫ぶように言う。

「私がついていながら、このようなことになって申し訳ありません」

尚三は畳に額をつけて詫びた。

多岐が取り乱したのは一瞬だった。

すぐ毅然(きぜん)とした態度で、

「どのような最期だったのですか」

と、多岐はきいた。

「急に胸を押さえて苦しみだしたのです。すぐ医者を呼びましたが、すでに……。心ノ臓の発作だと」

兄と打ち合わせた症状を口にした。

「仇討ち以来の心労が重なったのでしょうか」

多岐は冷静に言う。

「私と所帯を持たなければ、仇討ちに加わることもなかったのです。私が早死にさせたようなものです」

多岐は嗚咽を漏らした。

「違います。仇の相手の理不尽な仕打ちが平八郎どのの命を縮めたのです」

尚三は訴える。

「じつは数日前にうちのひとから文が届きました」

「文が？」

「その中に、藩に迷惑がかかるから藩を辞めると書いてありました」

「えっ」

やはり辞める覚悟を固めていたのかと、尚三は亡くなる前夜、酒を酌み交わしたときのことを思いだした。

「それから……」

多岐は言いさした。

「それから、なんですか」

尚三は促す。

「いえ、なんでもありません」

多岐は言わなかった。

父、弟に続いて夫まで亡くした多岐の試練に、尚三は胸を掻きむしりたくなった。


愛宕下にある浜松藩の上屋敷。小春日の陽気に、藩主忠光は庭の四阿にいた。近習の者や女中を遠ざけ、葛城の藤太の報告を聞いた。

「昨日、播州美穂より高見尚三なる者が来て松沼平八郎の妻女に会い、平八郎の死を伝えた模様です。その後、妻女多岐の部屋から慟哭が聞こえました。もはや、松沼平八郎の死は間違いないものと思えます」

「うむ。対外的には病死という説明であったが、美穂藩の家中の者が松沼平八郎を殺したのはほんとうであったか」

忠光は頷きながら言う。

「はい。歴代藩主の別邸に誘い込み、剣術指南役の的場格之助が先頭を切って襲いかかったのを我配下の者が見ておりました。簡素ながら葬儀も行われており、松沼平八郎の死は間違いないものと」

藤太は別邸での襲撃のあと、松沼平八郎の死を報告したが、忠光はすぐには信じなかった。

「そうか。松沼平八郎、やっと死んでくれたか。だが、本柳雷之進が生き返るわけではない」

忠光は悔しそうな顔をした。

「しかし、それにしても、そなたたちの智略はたいしたものだ。この先もそなたの力を借りたい。いずれ、老中を目指す」

「必ずや、殿さまを老中に」

藤太は約束した。

四

山野の木々も緑濃くなっていた。初夏の陽差しが丹後(たんご)国の山中にある禅宗の古い寺の大屋根を明るく照り返していた。

この禅寺に半年ほど前から浪人が寄宿していた。名を流源九郎(ながれげんくろう)と言った。総髪で、鬚(ひげ)も伸びていた。

源九郎は毎日修行僧と共に修行をした。座禅により心胆の鍛練をするのだ。

その日、源九郎が禅道場を出て、寄宿舎に戻ると、客が来ていた。作務衣(さむえ)姿の源九郎を見て、客は目を見張った。

「見違えました」

「高見どの。お久しぶりです」

源九郎は高見尚吾の前に腰を下ろした。

「ここでの暮らしはいかがかな」

尚吾がきいた。

「だいぶ、俗界から離れていっています」

源九郎は言う。

「昔のことを忘れていっていると?」

尚吾がきいた。

「…………」

源九郎はまだ完全には吹っ切れていなかった。

「じつは殿が帰郷の途についた。五日後の四月二十六日の夜、加古川宿の本陣にお泊まりになる。そこで、お会いしたいと」

　尚吾が切り出した。

「参りましょう」

　源九郎は言い、

「行脚僧(あんぎゃ)の姿でよろしいでしょうか」

と、きいた。

「もちろん」

　尚吾は頷く。

「ところで、尚三どのは私のことはまだ？」

　源九郎は気にかかっていたことをきいた。

「話していません」

　尚吾は首を横に振った。

「そうですか」

「あのあとかなり落ち込んでいました。よほど、打ち明けようかと思ったのですが、領内に忍びの者が入り込んでいることから大事をとって」

「尚三どのには親身になっていただきました」

「妻女の多岐どのに死を知らせる辛い役目も尚三にやってもらった」

尚吾はふっと溜め息をついた。

「多岐はどうしておりましょうか」

「松沼どの、いや、源九郎どのに頼まれたように、あのあと江戸に戻り、私は何度か三上時次郎どのと会いました。平八郎どのは死ぬ間際まで多岐どののことを気にかけていたと話し、どうか多岐どののことをお願いしますと……」

「三上どのは何と？」

「自分の力の及ぶ限り、お助けしますと」

「そうですか」

義父はもともと三上時次郎を多岐の婿にして道場を継がせたかったのだ。自分は多岐を仕合わせにしてやれなかった。三上時次郎に託したい。

源九郎は切なくなったが、すぐに気を取り直した。

「私のことを知っているのは誰と誰でしょうか」

源九郎はきいた。

「国許では家老の丸尾柿右衛門さま、剣術指南役の的場格之助どの、それと奉行所の与力ひとり。この男は信用出来ます」

尚吾は続けて、

「江戸では留守居役の岩本勘十郎どのに江戸家老香月嘉門さま……」

「私が江戸で接触するのは留守居役の岩本さまですか」

源九郎はきいた。

「いえ、間にひとを介します。自然な形で、源九郎どのに近付けさせますので」

「わかりました」

「では、また、殿に会われたときに」

尚吾は立ち上がった。

住職に挨拶して、尚吾は帰途についた。

山門の外まで見送った。

石段を下っていく尚吾の背中を見送りながら、あの日のことを思いだしていた。

十月二十日の夕七つ（午後四時）、平八郎は尚三の案内でご城下を出た。

平八郎は尚三の様子がおかしいことに気づいていた。いつもの闊達（かったつ）さがなかった。饒舌（じょうぜつ）になったかと思うと、急に沈んだ顔になった。

前日の夜、尚三は徳利を持って屋敷にやってきた。あれは平八郎との別れの杯の意味だったのだろう。

だが、尚三に自分はこの地を去ることにしたと告げたが、藩のほうも平八郎をやめさせるつもりなのだと気づいていた。高見尚吾はそのことを告げるために今日藩主の別邸に平八郎を呼んだのだ。

平八郎が藩をやめることで、尚三は気を落としているのかと思っていた。

だが、藩主の別邸に近づくにつれ、尚三は口数が少なく、何度も溜め息をつくようになった。

「どうかしましたか」

海沿いの道に出たとき、平八郎は声をかけた。

「えっ」

尚三はびくっとし、

「なんでもありません」

と、あわてて言った。

尚三の顔は苦しそうだった。平八郎が藩をやめるだけで、こんなに尚三は苦しむのかと不審を持ったとき、はったと気がついた。

暗殺……。藩主宗近公は藩を守るために、平八郎の命を奪うしかないと決断したのではないか。

尚三の様子からそう推察した。

前方にこんもりとした杜があり、そこを過ぎると、やがて別邸が見えてきた。

築地塀で囲われた広大な敷地の中に、こぢんまりとした屋敷が見えた。

門を入り、玄関に向かう。屋敷内は静かだった。だが、その静寂に重苦しいものを感じた。皆がじっと息をひそめている。そんな気配だ。

若い侍が迎えに出てきた。

「奥で、高見尚吾さまがお待ちです。お腰のものを」

玄関に上がり、平八郎は大刀を若い侍に預けた。

「松沼どの」

尚三が呼んだ。

平八郎は振り返る。

尚三は土間に立ったまま、

「私はここで」

と、口にした。

尚三の目に涙が滲んでいたのを見逃さなかった。

ここで今生の別れだと思い、尚三に世話になった礼をいおうとしたが、若い侍に促されて、平八郎は奥に向かった。

廊下の途中で振り返ると、尚三は深々と頭を下げていた。平八郎に別れを告げたのだとわかった。

平八郎は死を覚悟した。

尚吾らの襲撃から逃れて生き延びたとしても、浜松藩からの刺客に常に狙われ続けるはずだ。それより、自分を迎え入れてくれた宗近公に歯向かうことは出来ない。

庭に面した部屋に行くと、高見尚吾が待っていた。

「高見どの。お久しぶりです」

差し向かいになって挨拶をする。

「いや」

尚吾は曖昧に言い、

「再会の場が藩主の別邸だというのに不審をお持ちでしょう」

と、平八郎の顔色を窺うように見た。

「いえ、高見どのの言うことは宗近公のお言葉だと心得ますので」

「そうですな」

尚吾は頷き、

「さっそくですが」

と、表情を厳しくした。

平八郎も居住まいを正した。

「我が藩に領地替えの噂が出た」

尚吾が切り出した。

「三家の大名の領地替えで、当藩は越後のほうに領地を替えるという案があるそうだ。留守居役の岩本勘十郎どのが老中の水島出羽守さまのところの留守居役にきいたところ、案の定、浜松藩が老中に訴えたそうだ。浜松藩領内で狼藉を働いた松沼平八郎を匿っている播州美穂藩に制裁を加えてもらいたいと」

「そこまで私を憎んでいるのですか」

平八郎は薄気味悪くなった。

「こちらでも、忍びの者が領内で謀略を繰り広げ、私と剣術指南役の的場さまとの対立を煽っています。このままですと、いずれ的場さまと真剣でやり合わなければならなくなります」

平八郎は言い、

「もう限界だと思います」

と、溜め息をついた。

「何のために、松沼どのを我が藩に招いたのか……」

尚吾は顔をしかめた。

「高見どの。私は覚悟が出来ています」

「覚悟？」

「私を討ち取り、浜松藩に差し出すしか、この危機を乗り越える術はありません」

「そこまでお考えか」

尚吾は痛ましげに言う。

「私にとっては理不尽ながら、私が生きていたら災いの元です」

「じつは、松沼どのを討ち取るために討っ手がすでに、この屋敷を取り囲んでいます」

尚吾は正直に打ち明けた。

「やはり、そうでしたか」

平八郎は微笑んだ。

「わかりました。喜んで死んでいきましょう。決して、抵抗はいたしません」

「松沼どの。死んでくださるか」

「はい。私をお招きくださった宗近公のためにも、私は喜んで討たれます。浜松藩から送り出される刺客に討たれるより、高見どのの手によって討たれるなら本望」

平八郎は覚悟を語り、

「ただ、心残りは妻の多岐のことです。残される妻の行く末が気になります」

「多岐どののことは我らが責任を持ってお守りいたします」

「お願いがあります」

平八郎は頼んだ。

「亡くなった義父の小井戸伊十郎は弟子の中で秀でていた三上時次郎どのを婿にして道場を継がせたかったそうです。もし、三上どのがまだ多岐に思いを寄せているなら……」

「わかりました。お任せください」

尚吾は請け合った。

「これで思い残すことはありません」

平八郎は大きく深呼吸をした。

「松沼どの。これから、剣術指南役の的場どのを先頭に討っ手がこの部屋に雪崩込んできます。この部屋を出て、廊下をはさんでさらに奥には寝間があります。そこの床の間の掛け軸を外すと、穴が空いています。万が一の場合の藩主の脱出口です」

「…………」

なぜ、尚吾はそんな話をするのか。

「松沼どのは抵抗してください。そして、奥に逃げて、脱出口から逃げてください。あとは我らが」

「どういうことですか」

「松沼どのを死んだと思わせるのです。松沼どのを助けるには死んだことにするしかありません。殿の決断です」

「なんと」

「脱出口から地下の道を行くと、屋敷の塀の外に出ます。そこに、五郎丸という男が待っています。この男について丹後にある禅寺に。そこで、しばらくお過ごしを」

「わかりました」

庭にひとの気配がした。討っ手が集まっているのだ。

「的場さまだけは委細を承知」

「的場さまが？」

「そうです。よろしいか」

「はい」

平八郎は頷く。

尚吾は立ち上がり、庭に面した障子を思い切り開けた。

「かかれ」

尚吾の声で、討っ手の侍たちが部屋に駆け上がってきた。的場格之助の姿もあった。

「やれ」

格之助が叫ぶや、長身の侍が斬り込んできた。平八郎は脇差で払い、続けて襲ってきた剣を弾き、奥に逃げた。格之助が追ってきた。

平八郎は寝間に追い込まれた。部屋は真っ暗だ。討っ手のひとりが手燭（てしょく）の明かりを持って寝間に入った。格之助も続く。

格之助は床の間の前に立った平八郎に剣先を突き付けた。

「松沼平八郎、もう逃れられぬ」

「的場さま」

平八郎は声をかける。

「明かりを」

格之助は手燭を持っている侍に平八郎の顔を照らすように命じた。すると、格之助が目顔で何かを言った。横目で手燭をみている。

手燭を消せと言っているのだと悟り、平八郎は手燭を持っている侍に向かった。すると、格之助が割って入った。

手燭が落ちた。そのとき、火が障子に移り、炎が上がった。

「逃げろ」

格之助が討っ手の侍を寝間から追い出した。

格之助が剣先を掛け軸に向けた。

平八郎は頭を下げ、掛け軸をずらした。穴が空いていた。

暗い穴を這(は)うように奥に向かうと、やがて草木に覆われたところに出た。

そこに男が待っていた。百姓の格好をしていた。

「松沼さまですね。五郎丸です」

平八郎は五郎丸のあとに従い、その場を逃れた。

途中で振り返ると、藩主の別邸が炎に包まれていた。

手燭が落ちただけですぐに火が広がるとは考えられない。寝間に桐油(とうゆ)か何かを用意していたのだ。

平八郎は三日後、丹後の山中にある禅寺に入ったのだった。

四月二十六日の昼、源九郎は加古川宿の本陣に行った。

源九郎は網代笠に雲水衣を着、白い脚絆に草鞋という行脚僧の格好をしていた。

本陣の門の前で立っていると、高見尚吾が出てきた。

「よう参られた。さあ、こちらに」

尚吾は源九郎を離れの座敷に案内した。

そこで待っていると、やがて宗近公がやってきた。

源九郎は平身低頭して迎えた。

「面を上げよ」

宗近が声をかけた。

顔を上げると、宗近はじっと見つめ、

「うむ。まさしく……」

と、呟いた。ざんばら髪に鬚の顔に、平八郎の特徴を見出したようだ。

「お久しぶりにございます」

「そなたに辛い思いをさせた。すまなく思う」

「もったいない。お気遣いくださったこと感謝に堪えません」

「じつは我が藩はあることで将軍家から狙われている。その防御のために、腕の立つ剣客が必要だった。だから、仇討ちで名を馳せたそなたをどうしても召し抱えたかったのだ。だが、このようなことになってしまった」

宗近は目を伏せた。

「だが、別の形でそなたの力を借りることにした」

「…………」

「この世にすでに松沼平八郎は存在しない。これからは、そなたは天下の素浪人(すろうにん)流源九郎として江戸に住み、何かあるときに我が藩のために働いてもらいたい」

「はっ」

「詳しい話はそなたが江戸に落ち着いてからだ。ともかく、そなたは浪人の流源九郎として江戸の町に溶け込むことだ。すべてはそれからだ」

宗近は居住まいを正し、

「源九郎、苦労をかけるが頼む」

と、頭を下げた。

「もったいない」

源九郎はあわてて口にした。

「これから一年間、わしは国許に、そなたは江戸にと離ればなれになるが、つなぎの者を介して結びついている。では、達者で」

「はっ」

源九郎は部屋を出て行く宗近を見送った。

「源九郎どの」

尚吾が声をかけた。

「いったん、丹後に戻り、浪人の姿になってから江戸に向かってもらいたい。あとで調べられたときのために、浪人流源九郎の足跡を残しておいたほうがいい。念のために、東海道ではなく中山道(なかせんどう)を行くように」

浜松宿は避けるのだ。

「わかりました」

「それから、江戸についてからのことだが、やはり用心して、住む場所など、すべて自分ひとりでやってもらいたい。そなたにとって厳しいことだが、万が一奉行所に目をつけられて周辺を調べられたときに備えて」

尚吾は間を置き、

「源九郎どのの居場所はこちらで探します」

と、言い添えた。

「かなりの用心深さだと思いますが」

源九郎は疑問を口にした。

「相手はご公儀ですから」

尚吾は厳しい顔で言う。

「将軍家から狙われていることとは何ですか」

「まだ、知らないほうが」

尚吾は首を横に振った。

「ええ」

「今はともかく、当藩と無縁の流源九郎が江戸にて暮らしの場を設けること。そこがまず第一歩です」

尚吾は託すように言った。

「わかりました。長居をして、怪しまれてはなりません。私はこれで」

源九郎は立ち上がりかけた。

「お待ちを」

尚吾が引き止めた。

「すぐ戻りますので」

尚吾は立ち上がり、部屋を出て行った。

ほどなく、襖が開いた。戻ってきたのだ。

顔を向けたとき、源九郎はあっと叫んだ。

「高見尚三どのではありませんか」

源九郎は思わず声を上げた。

「あなたは？」

尚三は怪訝な顔で源九郎の顔を見つめていた。

「まさか」

突然、尚三が目を剝いた。

「まさか」

尚三はもう一度呟いた。

「そのまさかですよ。私は生きています」

「松沼どの……」

尚三は駆け寄り、源九郎の手を摑んだ。

「ほんとうだ。松沼どのだ。生きていたなんて、夢か」

「夢じゃありません。尚吾どのは、はじめから私を死んだことにして逃がしてくれたのです」

源九郎は藩主の別邸で起きたことを説明した。

「よかった。生きていて」

尚三は泣きだした。

「でも、どうして、ここに?」

源九郎はきいた。

「兄が文にて、四月二十六日に加古川宿の本陣まで来るようにと。ご家老からも加古川まで殿を迎えにいくようにと言われて……。そうか、松沼どのと引き合わせるために」

尚三は納得して言う。

ふと、思いついたように、

「妻女どのはご存じなんですか。さぞかし、お喜びに……」

源九郎の表情から何かを察したのだろう、尚三の声が途中で止まった。

「尚三どの。松沼平八郎は死んだのです。今の私は流源九郎になりました。このことを知っているのはごくわずかなひとだけ」

「じゃあ、妻女どのとは……」

「ええ。新しい生き方を選んでくれることを祈っています」

「……………」

やりきれないように尚三は首を横に振った。

襖が開き、尚吾が入ってきた。

「兄上。なぜ、私にほんとうのことを教えてくれなかったのですか。知っていたら、こんなに苦しむことはなかったのに」

尚三は恨めしげに言う。

「領内には忍びの者が潜入していたのだ。あの者たちはほんとうに松沼どのが死んだかどうかあらゆる手段で真実を探ろうとしただろう」

尚吾は言い、

「残念ながら、そなたは顔に出る」

と、決めつけた。

「……………」

「藩主の別邸の玄関で別れるとき、尚三どのは目尻を濡らしていました。私はその涙ですべてを察しました」

「………」

「でも、私はうれしかった。私のために泣いてくれたのですから」

源九郎は素直に口にした。

「尚三、そなたに教えなかったわけは自分でもわかろう」

「はい」

尚三は頷いた。

「源九郎どの、明日の早朝にここを出立されよ。今宵、三人で酒を酌み交わそう」

尚吾は笑みを湛えて言った。

その夜、遅くまで酒を呑みながら語り合い、翌朝未明に、源九郎は丹後に帰った。

五月五日。鬢を剃り、浪人髷になり、源九郎は禅寺を去った。

山陰道で京を目指し、京の三条大橋から東海道を草津宿まで行き、そこから中山道に入った。

彦根城を目の端に入れ、琵琶湖を眺め、関が原を過ぎ、木曾路に入る。

江戸で、何が源九郎を待っているのか。自分をこのような目に追い込んだ浜松藩主水島忠光公がうらめしかった。

本柳雷之進を斃したのは仇討ちだったのだ。それなのに、なぜそれほど自分を恨んだのか。

いくら寵愛する家臣だったとしても、その執念深さは異常だ。そう思ったとき、かねてからの疑問がふいに浮かんできた。

本柳雷之進はなぜ義父の小井戸伊十郎を闇討ちにしたのか。不行跡を叱られた逆恨みからということだったが、それだけのことで殺すだろうか。

まさか、本柳雷之進が義父の暗殺を企てたのは忠光公の命令……。もし、そうだとしたら理由は……。

そう考えたとき、もう松沼平八郎は死んだのだ、平八郎としての過去はすべて捨てたはずではないか。流源九郎として新しい生き方がはじまったのだと、自分に言いきかせながら、源九郎は江戸を目指した。

この作品は「文春文庫」のために書き下ろされたものです。

DTP制作　エヴリ・シンク

文春文庫

助太刀のあと
素浪人始末記(一)

定価はカバーに表示してあります

2023年8月10日　第1刷

著　者　小杉健治
発行者　大沼貴之
発行所　株式会社　文藝春秋

東京都千代田区紀尾井町3-23　〒102-8008
TEL　03・3265・1211㈹
文藝春秋ホームページ　http://www.bunshun.co.jp

落丁、乱丁本は、お手数ですが小社製作部宛お送り下さい。送料小社負担でお取替致します。

印刷製本・凸版印刷

Printed in Japan
ISBN978-4-16-792080-7

文春文庫　最新刊

二枚の絵 柳橋の桜（三）　佐伯泰英
舞台は長崎そして異国へ…女船頭・桜子の物語第3弾！

凍結事案捜査班（コールドケース） **時の呪縛**　麻見和史
警視庁のはぐれもの集団が30年前の殺人の真相に迫る！

耳袋秘帖 **南町奉行と幽霊心中**　風野真知雄
美男美女のあり得ない心中は、幽霊の仕業か化け物か…

父子船（おやこぶね） 仕立屋お竜　岡本さとる
昔惚れた女の背後にある悲しい過去…シリーズ第4弾！

助太刀のあと 素浪人始末記（一）　小杉健治
仇討ちの助太刀で名を馳せた男。しかし彼にある試練が

二百十番館にようこそ　加納朋子
ゲーム三昧のニートが離島でシェアハウスをする事に？

江戸染まぬ　青山文平
人生を必死に泳ぐ男と女を鮮やかに描き出す傑作短篇集

善医の罪　久坂部羊
食い違うカルテ。女医は患者殺しの悪魔と疑われるが…

おれたちの歌をうたえ　呉勝浩
元刑事とチンピラが、暗号をもとに友人の死の謎に迫る

盲剣楼奇譚　島田荘司
美しい剣士の幽霊画に隠された謎の連鎖に吉敷が挑む！

観月 消された「第一容疑者」　麻生幾
平穏な街で起きた殺人事件はやがて巨大な陰謀に繋がる

怪談和尚の京都怪奇譚 妖幻の間篇　三木大雲
京都・蓮久寺住職が語る怪談×説法！　シリーズ第6弾

薬物依存症の日々　清原和博
希代のスラッガーが薬物、うつ病、家族との日々を語る

はじめは駄馬のごとく ナンバー2の人間学〈新装版〉　永井路子
義時、義経…英雄の陰に隠れたナンバー2の生き方とは

忘れながら生きる 群ようこの読書日記　群ようこ
膨大な本に囲まれて猫と暮らす、のほほん読書エッセイ